CHARACTER FILE # 1
楊光
20歲｜大學生
與朋友登山時因迷路而踏入異空間。
性格開朗樂觀，充滿正能量。

ALICE GAME
CHARACTER FILE # 2
賴文善
23歲｜燒烤店店員
與朋友野餐時被抓到愛麗絲空間。
思想消極但很理智，是個不折不扣的顏控。

愛｜麗｜絲｜遊｜戲

ALICE GAME

【VOLUME ONE】

PRESENTED BY
CAO ZI XIN X NATSU AO

ALICE GAME

CONTENTS

✣

Prologue

楔子

"The only way to achieve the impossible is to believe it is possible.
So, run bunny run. While you can still run……"

如同警示，這段文字頻繁出現在周圍的樹幹上。

深深地刻著，每個筆畫粗糙卻能夠感受到它蘊藏的不安與恐懼。

文字全都是像打字一樣地出現，彷彿有人在看著他，不斷跟隨在他經過的路上，無論怎麼樣也甩不掉。

「哈……哈啊……哈……」

眼袋深沉，顫抖的雙眸盡是疲憊，全身被汗水浸溼骯髒不堪，四肢和臉頰有著各種小擦傷，模樣相當狼狽。

悲慘到不行的孤獨身影，就是賴文善此時此刻的模樣。

「媽的……我到底走了多久……」

自從來到這個奇怪的樹林，賴文善就一直往前走，急著想要離開這個地方，連休息也沒有，拚命趕路。原本打算在天色完全暗下來之前走出去，可是不管他怎麼走，周圍的景色都一樣。

彷彿這座樹林想將他困在裡面似的，漸漸就失去了方向感。

「哈啊……該死……我不行了。」

賴文善再也無法往前走半步，只能一邊顫抖一邊扶著樹幹跪在地上，大口喘息，四周安靜到能夠清楚聽見自己的呼吸和心跳聲。

就在停下腳步之後，樹幹不再顯示出任何文字，似乎放棄和他對話，又或者認為他已經沒有救了。無論原因是什麼，他都感到慶幸——終於不用再看到那令人毛骨悚然的文字。

然而，他才停下來休息不到幾秒鐘時間，就被一陣刺骨寒風嚇到，腦袋被冷醒的瞬間，抬起頭看見的是在樹林裡緩慢移動的高大身影。

賴文善差點大叫，但是他發不出任何聲音，面對這不合乎正常情況的存在，他整個人向後跌坐在地，除了顫抖之外什麼也做不了。

黑色的人影大概有三公尺高，即便是運動選手也不見得能長到這種個子，更重要的是，「那東西」穿著傘狀連身裙，頭頂還有個大大的蝴蝶結。

從裝扮來判斷，似乎是名女性，它行走的方式僵硬，四肢的動作讓人覺得詭異，有點像是提線木偶，而那始終歪斜的腦袋跟脖子呈現九十度，比起軟弱的四肢，頸部倒是沒有動過，像是就這樣貼在肩膀上面。

賴文善不知道那是什麼，感到害怕的他只能屏住呼吸，當個透明人，靜靜等待它走過去。

不要轉過頭來，不要發現他的存在。

對，就像現在這樣，一直往前走就可以——

賴文善不斷在內心祈禱，而「那東西」也順應他的心意，在沒有發現他的情況下漸漸遠離。

直到它完全消失在樹林之間，賴文善才終於能夠正常呼吸。

「這裡到底是什麼鬼地方……」賴文善抬起頭，仰望著沒有半點星星、霧濛濛的黑夜，努力思考為什麼會跑到這種地方來，但每當試圖想起來到這裡之前的畫面時，腦袋就會開始劇烈疼痛，逼得他不得不放棄。

「唔！該死。」賴文善皺緊眉頭，停止回想。

他睜開疲憊的雙眼，注視著地面，先盡可能整理自己手邊有的情報。

首先，從他最後的記憶開始。

「秉智……對，我好像是跟秉智他們來山裡的小木屋野餐，然後姵佳失蹤了，所以我們出來找人。」

光是勉強想起的這段記憶，就已經讓他頭痛到想在地上拚命打滾，但至少沒有痛到撐不下去，所以他還能夠忍受。

沒錯，他是來找失蹤的朋友，然後在找人的過程中被東西絆倒，摔倒後不知道掉進什麼地方，再醒過來的時候就已經來到這座詭異的樹林。

賴文善很確定這裡不是他們烤肉的小木屋附近，因為不可能會有文字莫名其妙出現在樹幹上這種事發生，所以剛開始的幾分鐘，他還以為自己在做夢。

然而，這座樹林就像是在告知他這一切都是現實而非夢境一樣，有著自我意識的樹根突然從地下彈出來，如鞭子般打在他的左手臂上。

劇烈的疼痛和大面積的擦傷，以及從傷口裡流出的鮮血，讓賴文善一秒相信這個地方是現實而不是夢境。

他不確定自己在什麼地方，但這裡肯定不是正常的世界。

賴文善接受眼前的現實，僅僅只花了三秒，他的大腦裡莫名其妙出現「快跑」這兩個字，還沒理解為什麼要這麼做，他就已經開始往前狂奔。

就這樣，漸漸地他的體力耗盡到無法往前半步，理智才又重新回到腦海中。

緊接著出現在眼前的，就是那體型高大、像是女性身影的怪物。

刺骨的寒冷再次沁入心扉。

賴文善安靜幾秒鐘之後，重新從地上站起來。

雖然很冷、很累，彷彿只要恍神就會立刻昏過去，可是他心裡很清楚，絕對不可以在這裡停下腳步。

比起搞清楚這裡是哪，現在是什麼情況，更重要的是要先想辦法到安全的地方，保住自己的小命。

他選擇繼續前進，朝怪物離開的反方向走。

賴文善原以為自己的體力還能夠再撐一段時間，可是剛往前走沒幾步路，他的腳就不知道被什麼東西絆倒，搖搖晃晃倒進旁邊的樹叢裡。

不僅如此，樹叢旁邊就是山坡，完全沒注意到這點的他就這樣像顆皮球滾下來，全身都是泥濘和樹枝，最後摔進一攤充滿潮溼臭味的水窪裡。

「唔呃……好痛……」

賴文善覺得四肢都像是要分解似的，根本動不了，即便他知道不能繼續躺在這裡，卻做不到。

就在他漸漸開始放棄的同時，側躺的視線前方，再次出現了跟剛才看到的怪物同樣的高大身影。

這次它不是背對，而是面對著他的方向。

賴文善的心瞬間涼了一大半，雖然他不確定「那東西」有沒有看到他，但繼續躺在這裡的話，它只要走過來就會發現他。

必須動！他必須想辦法離開。

躲到旁邊的樹叢，沒錯，只要稍微移動一點距離到樹叢裡就可以了！

可是不管他怎麼著急，身體卻像是放棄般地動彈不得。

眼看「那東西」慢慢拉近他們之間的距離，恐懼已經完全占據賴文善的理智。

當腦海閃過「死」這個單字的同時，他的身體突然被人用力拉起來，還沒意識到發生什麼事，他就感覺到被人扛在肩膀上，移動到樹叢後面的安全位置。

那個人把他放下來，接著摀住他的嘴。

賴文善很緊張，卻無法掙扎，只能直勾勾盯著那張貼近自己的臉。

是個陌生男人，和他不同的是，這個人很冷靜而且也沒有感到害怕。

他摀住賴文善的嘴，並小心觀察「那東西」的移動狀況，在確認它沒有發現並慢慢通過外面那條路之後，才把手放開。

「呼哈！哈啊……哈……」

賴文善大口喘氣，像是缺氧般，半句話都說不出來。

他想好好道謝，但該死的卻喘不過氣。

「你慢慢呼吸，不要緊，它不會走回來。」

這名男子十分善良且和藹可親，輕拍賴文善的背，直到等他能夠順利呼吸為止才停下來。

賴文善臉色蒼白，尷尬地用沙啞的聲音向他道謝。

「謝……謝謝你。咳咳！」

男人並沒有說什麼，只是從背包裡拿出一罐瓶裝水，轉開後遞給他。

原本不覺得渴的賴文善在看到水之後，忍不住大口喝下，當發現自己竟然喝掉對方半罐水之後，才不好意思地把瓶子還給他。

「對不起，我、我很渴……」

「別在意這種小事。」

男人笑起來很好看，這時賴文善才發現這張臉長得很帥氣，甚至整個人散發出暖呼呼的溫柔氣息，和這陰森黑暗的空間十分不搭。

「幸好我路過附近發現你，要是被它抓到的話就糟糕了。」

「那、那東西果然很危險是嗎？」

「咦？」

因為賴文善莫名冒出的疑問，男人反而露出狐疑的表情盯著他看。

「我理解錯了？」

「不，你沒有錯。」男人仔細觀察賴文善之後問：「你該不會……什麼都不知道吧？」

雖然這樣做很危險，但好歹這個人才剛救了他，所以賴文善並沒有想太多，點點頭回應他的問題。

「原來是這樣。」理解情況後，男人突然伸手摸文善的頭，像是在安慰小孩般地笑著說：「不用擔心，我會保護你的。」

突然被同性這麼說，賴文善反而覺得有點不好意思。

可是在被他撫摸的時候，不知道為什麼有種莫名的安心感，這種感覺讓賴文善混亂的思考漸漸恢復平靜，就像是在大海中找到浮木，讓他不由自主地想要去依靠這個男人。

明明他們是初次見面，而且還不清楚雙方身分的情況下，隨便給予信任是很危險的事，但現在的賴文善並不這麼認為。

「我叫楊光，你呢？」

「……賴文善。」

他抬起頭回答楊光的問題，看著他勾起嘴角露出的笑容，如同太陽般溫暖，讓他漸漸忘記身體的冰冷。

楊光起身，並向他伸出手。

「跟我來。」

「嗯。」

賴文善將手交給他，楊光的力氣很大，輕而易舉就能把他拉起來。

當他整個人撞進楊光懷抱裡的時候，還覺得有點害羞跟緊張，可是他很快就被這種安心感與溫暖包圍，並在那之後閉上雙眼，如斷電般昏睡過去。

「賴文善？」

當楊光發現懷中的賴文善沒有任何反應的時候，才發現他不知道什麼時候沉沉睡去，忍不住笑出來。

毫無防備、對初次見面的人給予滿滿的信任，賴文善對他展現出的友善態度，讓楊光對這個男人產生了保護欲。

「嘿咻！」他把賴文善背起來，重新確認撤離方向後，小跑步離開樹林。

而在這之後，賴文善睡了足足四個小時才醒過來。

Chapter 01
墜落

睜開眼，看見的是陌生的天花板，賴文善發現自己正躺在又硬又冷的L型沙發，身上只有披著一條單薄的布。

他是被冷醒的，並不是自然睡醒，但這對賴文善來說一點也不重要。

大概發呆三秒鐘左右後，他才慌張地從沙發上彈起來，冷汗直冒地環顧四周圍，確認自己現在的位置和狀況。

雖然全身痠痛，但睡眠狀況似乎還可以，精神已經比之前要好很多，這種睡到完全沒知覺的感覺令人不安，尤其是他不知道昏睡多久，無法掌握情況反而會讓人產生強烈的恐懼感。

怕歸怕，雙手也在不停顫抖，可是賴文善卻想起了自己在失去意識前見到的那名叫做楊光的男人。

人如其名，他的存在閃閃發光，簡直就像是不會出現在這種地方的人。

明明這裡充滿奇怪、無法用正常方式去理解的情況，可是楊光的態度卻很從容，就像是已經習慣一樣。

「你醒了？身體怎麼樣？」

慰問的聲音從背後傳來，賴文善嚇一大跳，敏感的他很快就用畏懼的表情轉頭看著說話的男人，在確認對方是誰之後，緊張的心情才稍微放鬆下來。

是楊光，他背著包包走進來，輕鬆自若的態度就像是剛回到自己家一樣從容。

賴文善原本想起身，雙腿卻使不上力氣，害他整個人不穩地跌坐在沙發旁邊，反而發出巨響，把楊光嚇得不輕。

「沒事吧！」

楊光急忙跑過來扶住賴文善的身體。

在背著賴文善的時候他就覺得這個男人輕到不可思議，膚色顯白，不知道是不是因為臉色倦怠的樣子，整個人看起來病懨懨的。

賴文善自己也覺得很尷尬，他沒想到腿會使不上力，只能在楊光的協助下重新坐回沙發上。

「抱、抱歉，一直麻煩你。」

「別在意。」楊光笑著從背包裡拿出水跟食物，有麵包跟泡麵、罐頭，完全就是緊急食品。

賴文善看著桌上的東西，眨眨眼，很意外會在這裡看見熟悉的食物。

這裡怎麼看都不像是會有這些東西的地方，楊光究竟是從哪裡拿回來的？

似乎是他懷疑的眼神太過明顯，楊光發現後就直接開口解釋：「這些都是正常的食物，不用擔心會吃壞肚子。」

「呃，對不起，我不是那個意思……」

「沒關係啦！正常來說在見到那種怪物後，本來就會變得疑神疑鬼，你才剛來到這個地方的話，會有這種反應再正常不過。」

「你怎麼知道我來到這裡沒多久？」

「因為你不知道『那東西』是什麼，所以我才確定你是新來的。」

「那東西……是指我之前看到的怪物？」

「嗯嗯，你現在只要先記得，這個地方很危險，絕對不要相信任何人，或是接觸那些常理無法判斷的東西就好。」楊光說完之後，突然想起一件事，急忙補充：「啊！不過我除外，我不是壞人，絕對不會傷害你的。」

通常來說，壞人本來就不可能承認自己是壞人，楊光刻意這樣講反而更讓人起疑，但賴文善卻完全不想懷疑他。

也許是因為楊光給人的感覺很溫暖舒服，又或許是因為他救了自己，總而言之，他並不把楊光當成別有居心的壞人。

「先吃點麵包吧。」楊光把菠蘿麵包塞進賴文善手裡，「我來煮點熱水泡泡麵給你吃，稍微等我一下。」

才剛回來就完全沒休息地開始忙進忙出，賴文善雖然還有很多問題想問，但盯著麵包看的時候，肚子卻很不爭氣地發出咕嚕聲，讓他只好先暫時不去想其他問題，先填飽肚子再說。

可能是剛睡醒很餓的關係，他沒幾口就把菠蘿麵包吃完，不過這並沒有阻止他的肚子繼續發出聲音。

咕嚕……

咕嚕嚕嚕……

聽著賴文善的腸胃打節奏，還在煮熱水的楊光忍不住笑出來。

「你真的很餓呢！還好我帶了不少食物回來。」

「抱歉，我本來不是食量這麼大的人……」

賴文善重新嘗試起身，這次腿就比較有力氣，能夠好好站穩。

他拿著泡麵蹲在楊光身旁，陪著他一起等水煮開。

楊光側眼偷看他，雙手環抱膝蓋，歪頭問：「你是怎麼跑到這個地方來的？」

「我不小心滾下山坡，醒來後就發現自己倒在樹林裡。」

「滾下山坡？那你沒事吧！」

「除了身體又髒又臭之外沒什麼大礙。」賴文善拉起衣服，嗅了兩口，皺緊眉頭，「這裡有可以洗澡的地方嗎？冷水也沒關係，我真的很需要把身體弄乾淨。」

「有，等吃完泡麵我帶你過去。」

賴文善愣在那，覺得楊光說的話有點奇怪。

「直接告訴我位置就好，洗個澡而已不會有事的。」

「不行。」

楊光堅決反對，他強硬的態度讓賴文善不好再繼續拒絕。

他好奇地看著楊光，總覺得他似乎不想讓自己落單，不過想想也是正常的，在這種隨時會冒出怪物的地方，分開行動是很危險而且不理智的行為。

「啊，水開了。」

「我來把麵放進去。」

強制結束洗澡話題後的兩人，開始煮泡麵。

雖然只有泡麵跟罐頭，但賴文善卻吃得很滿足，多虧楊光願意分食物給他吃，身體恢復不少力氣，也比剛睡醒的時候有精神。

「你的臉色看起來比剛才好很多。」

「多虧你幫忙，如果沒遇到你的話我真不知道該怎麼辦。」

「哈哈！文善你還真有禮貌，而且很單純呢。」

「……咦？」

賴文善頓了一下身體，他總覺得楊光說這句話的時候，表情和平常有點不同，但這種感覺只有短短維持幾秒鐘而已，快到像是錯覺。而且他突然過於親近地直接喊自己的名字這件事，也讓賴文善覺得有些不太對勁。

「通常不小心跑到這種地方來，都不會這麼快進入狀況，再說，萬一我是別有企圖的人，你連自己被賣掉都不知道。」

他懂了，原來楊光剛才的意思不是話中有話，而是在擔心他對人沒戒心。

賴文善自己也覺得這樣看起來確實不太好，可是當時的他真的別無選擇，如果楊光真的打算做什麼傷害他的事，他也只能認了，只能怪自己運氣不好。

但，他沒辦法這樣老實說出口，便摳摳臉頰尷尬地回答：「雖然我這樣做是因為覺得你不是壞人，不過你說得對，我太沒有危險意識。」

「是這樣嗎？」楊光歪頭思考後，很快就相信賴文善的解釋，笑著說：「好險最先找到你的人是我，總之我很高興能有新的同伴。」

「新的……同伴？」

「我跟你一樣也是不小心誤闖這個地方，而且這裡除了我們之外，也有其他人被困在這，但……」楊光垂下眼，突然收起笑容，語氣變得相當嚴肅，「文善你要記住，被困在這裡的不見得全都是好人，你一定要多加留意，絕對不可以隨隨便便相信其他人，或是跟別人走。」

「我又不是三歲小孩。」賴文善嘆口氣，「話說回來，這裡到底是什麼地方？」

楊光搖搖頭，「其實我也不太清楚這裡是哪，但有很多人都是跟我們一樣，不小心誤闖進來後就再也出不去。」

「搞什麼？這麼可怕嗎。」

「我覺得這裡大概不是我們居住的世界，你剛才也看到了不是嗎？那個『怪物』就是最好的證明。」

「看到它的時候我確實是這麼想的，那到底是什麼？」

「我們其他人稱它是『A』，那是這個世界最危險的東西，絕對要避開。」A？

賴文善覺得這個稱呼很特別，就好像他們知道那個怪物的真面目而取的暱稱，但他不是很想了解原因，畢竟那不重要。

「聽你說得好像它會把我們吃掉一樣。」

「……雖然不是吃掉，但它會追殺我們，一旦被發現的話就很難甩掉，所以躲起來是最快最安全的選擇。」

「除了你說的那東西之外，還有其他怪物？」

「有，所以你絕對不可以離開我身邊。」

「難不成我連上廁所也不能和你分開？」

「是，這是在這個世界裡生存下去的鐵則。一個人的話不可能活得過幾個小時。」

「那你呢？」賴文善左看右看，「你不也是單獨行動嗎？但我看你活得好好的，就算一個人也沒事。」

「我只是暫時單獨行動，而且我也有跟其他同伴保持聯繫，所以不算是一個人。」

「你的解釋聽起來很牽強。」

「咳咳……文善你會覺得奇怪是正常的，我會要你別落單行動，並不單單只是那些怪物很危險，還有其他原因。以後有機會我再跟你解釋清楚，現在你先好好休息。」

楊光尷尬地清喉嚨，似乎很想迴避這個話題。

賴文善雖然覺得楊光還有很重要的情報沒告訴他，但是強迫追問也不太好，於是便暫時放棄這個念頭。

「……知道了，畢竟你救過我，我會相信你的。」

「謝謝你，文善。」

楊光看著他的眼神閃閃發光，覺得有些肉麻，忍不住抖抖身體。

他尷尬地抹臉，刻意轉移話題問道：「你現在是住在這裡？」

賴文善觀察後發現這裡應該是辦公大樓，他醒過來的房間是無隔板的開放式空間，除了有幾張擱置在角落的辦公桌之外，還有這張很突兀的L型沙發和用木板跟廢紙箱堆疊而成的桌子。

一些日用品，包括剛才用來煮水的攜帶型瓦斯爐，則是被放在沙發旁邊，看得出來楊光已經在這裡生活一段時間。

從楊光剛才說的話來判斷，可以合理推論楊光一個人住在這裡。

他很好奇，楊光為什麼不跟其他同伴一起住，而是選擇獨立出來，選在這種沒有人、安靜到讓人害怕的地方住。

「嗯，最近這幾天是住在這沒錯。」

「你說最近……難道你沒有固定住的地方？」

「在那些怪物不知道什麼時候會跑出來的情況下，沒有地方是可以安心長住的，反正也不缺物資，大家都只有隨身攜帶少量必需品，每隔幾天就會換地方留宿。」

游牧式的移動方法讓賴文善很不習慣，可是他能理解楊光和其他人為什麼要這麼做，換作是他也會這樣決定。

很累，而且還要一直熟悉新的環境，更不用說還得天天擔心自己會不會遭受到攻擊等等，這種完全不能心安的感覺，會讓人失去安全感、整天被恐懼壟罩。

「對了，這些食物是從哪來的？」

「便利商店。」楊光想也不想就立刻回答，但賴文善卻聽得一臉茫然。

這種地方居然有便利商店？雖然說這些食物確實是可以從便利商店買到，但怎麼想也讓人覺得奇怪到不行。

「你說的便利商店是我想的那種嗎？」

「嗯……跟我們世界的便利商店很像，但並不完全一樣。」楊光笑著解釋：「這裡大部分都是樹林，然後偶爾會出現幾個像這棟廢棄樓一樣的地方，通常只要有建築物，就會有便利商店，而且很方便的是什麼物資都有，就算拿走，隔幾個小時後會自動補上，也不用擔心會搶不到。」

「呃，還真方便。也就是說我們在這裡餓不死囉？」

「要維持基本生活的話倒是沒什麼問題。」

「既然如此，為什麼要讓我們過來？難道只是單純把我們當成寵物飼養？」

「我也不知道原因，但有人猜測應該我們這些誤闖進來的人是『那些東西』的飼料，所以才會無限提供最基本的生存必需品給我們。」

「啊……」聽到楊光提出的可能性之後，賴文善立刻皺眉思考，「確實有這個可能性，如果是這樣的話就能解釋為什麼需要我們活下來了。」

簡單來說，他們就是那些被稱為「A」的怪物的活體糧食，這樣看來，被飼養的不是他們，而是那些東西。

即便想清楚這件事，心情也沒好到哪去，反而變得更糟糕。

看著賴文善陷入思考，楊光眨眨眼，從袋子裡面拿出乾淨的毛巾和沐浴用品。

「我帶你去洗澡，走吧？」

「咦？哦……好。」

賴文善回過神，這才想起來自己身體還臭烘烘的，很不舒服。

當他看到楊光開始拿起兩人份的物品後，想起他之前說過最好不要一個人落單的事，意識到楊光是想跟他一起洗。

和男人赤裸相對是沒什麼問題，但重點是他跟楊光是初次見面，認識不到幾個小時就要一起洗澡還是有點那個……

「真的要一起洗？」

「你會害羞？還是不習慣？」

「不是這些問題吧……」

從剛剛開始賴文善就覺得楊光在這方面的觀念有些奇怪，他很爽朗，但是卻好像缺乏羞恥心，甚至已經把這種事情視為習慣。

老實說，這會讓賴文善懷疑楊光是不是對他別有用意，或者是喜歡上他，可是感覺起來卻有種很明顯的不協調感。

他說不出來是什麼原因，但，就是會忍不住覺得楊光很奇怪。

雖然這樣對救命恩人好像不太好，可是並非說救了他的命，他就得無條件接受對方的所有行為跟想法。

話說回來，現在已經幾點了？

因為看不到時間，所以他完全沒有時間觀念，抓不準時間的流逝。

「那個，我睡了多久？」

「從我把你帶過來這裡之後開始算的話，大概四個小時左右。」

原來沒有很久，因為精神恢復得不錯，他還以為肯定睡了有七八個小時以上。不過，如果他真的睡這麼久的話，恐怕楊光早就已經丟下他不管。

雖然楊光很客氣地稱他作同伴，但他不認為楊光會無條件對初次見面的人這麼友善。尤其是在這種充滿危機，什麼時候死掉都不奇怪的未知之地。

看著楊光把盥洗用具拿在手上，轉頭對他笑的模樣，賴文善忍不住嚥下口水。

「跟我來。」

楊光並沒有注意到賴文善心裡在想什麼，也許他知道現在的賴文善只有自己能夠依賴，所以才會對他如此放心。

看見賴文善小腳步跟在身後，楊光笑得更開心了。

他已經很久沒有像這樣如此舒心地和人待在一起，沒有其他理由、沒有任何利用價值，就只是純粹地像朋友般相處。

賴文善的出現對楊光來說，像是他在這骯髒不堪的黑暗生活裡的一束光，正因為賴文善什麼都不懂，像沒有接觸過墨水的乾淨白紙，讓他體會到自己還是個「正常人」。

如果可以，他想要讓賴文善繼續像現在這樣，維持對那些怪物的最低認知，什麼都不要知道，而他也會想盡辦法讓他永遠不會知道這個世界骯髒的一面。

首先，就得先禁止賴文善接觸他之外的人。

浴室位置在樓下的廁所，來到樓梯口的時候賴文善才發現他們原來是在三樓，雖然旁邊有電梯，卻無法使用，不但被拉上黃色封鎖線，門也是半開的，從縫隙裡看過去只有黑壓壓一片。

不知道為什麼，賴文善下意識認為不可以去窺視裡面的情況，總覺得有種讓人不安的感覺。

二樓的廁所是設有衛浴設備的空間，雖然旁邊還有供人休息用的小間雅房，但是門把被破壞了，無法進入裡面。

一路上他見到的其他房間都是這個樣子，三樓的情況還好點，但二樓卻像是暴風過境般，凌亂、潮溼，到處都有被破壞的痕跡。

有些看得出來是被砸碎的，有些則是呈現很詭異的方式扭曲，賴文善還發現到地上留有奇怪的黏液，牆壁也有野獸的爪痕。

這些發現讓他想起楊光提到的「其他怪物」，看來關於這方面的事，楊光並不是隨便亂說，或是故意嚇唬他，而是真正存在的事實。

進入浴室後，楊光熟練地將帶來的東西放在沐浴間的乾淨架子上面，接著轉頭對賴文善說：「這裡有熱水可以用，還不錯對吧？」

賴文善的思緒還停留在外面看到的景象上，直到聽見他的問題，才慢半拍地回過神。

「是……還不錯。」

因為是在這種建築物裡，所以賴文善剛開始並不奢望能夠洗個舒服的澡，可是看到這間乾淨到和走廊外面完全相反的浴室後，心裡卻反而鬆口氣。

浴室雖然只有用蠟燭照亮，但因為數量夠多的關係，不會太暗，視線足以看清楚裡面的情況以及彼此。

這些蠟燭大概是楊光弄上去的，說實在很有氣氛，但對現在的賴文善來說，只有滿滿的陰森感，一點浪漫的感覺也沒有。

「你用左邊這間，我在隔壁，盥洗用具都有兩份所以不用擔心，毛巾和乾淨的換洗衣服我已經先放在裡面的架子上——」

「咦?不是用同一間？」

「欸？」

因為事實出乎意料之外，賴文善忍不住脫口而出，反倒是楊光被他嚇一跳。

賴文善原本以為兩個人會脫光後一起洗澡，沒想到這裡的浴室居然是有個人隔間的，雖然不是完全封閉，但阻擋的位置正好可以遮住身體，不用擔心一起洗澡會尷尬或是不知道視線該放在哪。

話說回來，確實是有這種類型的浴室，像是在游泳池或者是健身房之類的地方……是他的錯，不該因為聽見「一起洗」這三個字就下意識認為兩個人要關在廁所裡赤裸相對。

「原來你說的『一起洗澡』是那個意思？」

楊光眨眨眼，純真沒有任何邪念的表情反而讓賴文善滿臉通紅。

他急急忙忙用手遮住臉頰，為自己的行為感到羞恥。

無法辯解的他只能點點頭，並老實道歉。

「對……對不起，我還以為你對我有其他意圖。」

「其他意圖是指什麼？」

面對楊光那沒有半點邪念的坦誠反應，賴文善只好緊抿雙唇，羞澀到連耳朵都紅到發燙，顫抖著回答：「那、那個……雖然對你說這種話有點奇怪，但我……我是那個……我喜歡的是男人。」

「喜歡男人？」

楊光歪頭，一時之間沒有立刻反應過來，而是在腦袋吸收情報開始運轉後十秒才恍然大悟。

不知道為什麼，看到賴文善滿臉通紅將臉埋入掌心，站在他面前瑟瑟發抖的模樣，他也跟著害羞起來，臉頰碰地一下子漲紅。

「呃！原、原來是這樣！啊哈哈……所以你的意思是……」

「對不起，真的很不好意思。」

賴文善誠心道歉，雖然在這種情況下還會產生這樣的念頭很奇怪，但因為楊光的友善和他之前說話的溫柔態度，讓賴文善忍不住認為事情會朝向那個方向走。

而誤會的結果就是，現在他們之間的氣氛變得更加尷尬了。

想要趕快從這種氣氛下逃走的賴文善，直接走進沐浴隔間，楊光也只能摳摳臉頰，若有所思地望著傳出水聲的浴室，開始脫衣服準備洗澡。

為了避免尷尬，賴文善原本打算快速洗完後就先出來，沒想到身體上的髒污比他想得還要難清洗，結果害他花上兩倍的時間才好不容易把那些黏在身上的泥土清乾淨。

當他換好衣服走出去的時候，楊光正靠著洗手台滑手機，一見到賴文善出來後他就笑著用自然的態度面對他。

「洗好了？那我們走吧。」

「……嗯。」

賴文善覺得有些尷尬，但楊光似乎不這麼認為。

兩人走出浴室後沒多久，楊光就像是突然想起什麼事情般，回頭對他說：「對了，你不用在意那種事，就算你的戀愛對象是男人，我也不會避開你或是丟下你不管的。」

賴文善有些意外，雖說現今社會想法已經比以前還要自由，大部分的人並不會特別歧視同性戀，卻也不會選擇接近。

他不太清楚其他人的狀況是怎麼樣，熟悉的朋友幾乎都是同性向的人，所以無法得知在一般情況下，會怎麼面對說這種話的朋友，但他很確定，楊光並不是為了能夠讓彼此不尷尬才說這種客套話，而是真的這樣認為。

這讓賴文善不由自主地放鬆下來，淺淺一笑。

「謝謝。」

楊光頓了下，像是被電到一樣突然停下來不動，還差點讓跟在後面的賴文善不小心撞上去。

賴文善瞪大眼，還以為自己說錯什麼，因為楊光的表情有點可怕，可是對方卻又很快地轉變回他所知道的友善笑容，讓他以為剛才看見的表情只是錯覺。

「現在我們只要想著怎麼離開這裡就好，待會回去後好好睡一覺，明天我們再移動到其他建築去。」

「這麼快就要走？」

「嗯，其實我已經在這裡住了好幾天，原本是打算昨天走，但是因為遇到你的關係才想說多留一晚讓你休息。」

「你通常在一個地方都會待多久時間？」

「大概四五天，最多不會超過一週。」

「這樣啊……我明白了。」不想拖累楊光的賴文善，握緊拳頭，「我雖然看起來沒什麼體力，但明天出發沒有問題，反正我也沒受什麼嚴重的傷。」

「嗯。」楊光看著賴文善四肢上的擦傷，「我待會幫你擦點藥消毒，就算是小擦傷，放著不管也會變嚴重。」

「你的東西還真齊全。」

「畢竟便利商店裡什麼都有嘛。」

「去下個點之後，我也可以逛逛便利商店嗎？」

賴文善很自然地提問，原本以為楊光會爽快答應，沒想到他的臉上卻閃過一絲驚恐，接著皺著眉頭，拒絕了他的要求。

「不行，那裡很危險。你想要什麼跟我說就好，我會幫你帶回來的。」

「這、這樣啊……我知道了，那就麻煩你。」

明明覺得楊光很正常，但偶爾還是會露出這種不明所以的表情，賴文善不懂為什麼楊光不讓他去便利商店，就好像是怕他會遇到什麼似的。

雖然對楊光有些不好意思，但他接二連三的奇怪反應，反而讓賴文善開始盤算之後要找機會和楊光分道揚鑣。

即使楊光說過會保護他，而他也覺得依照自己目前的狀況來說，跟著熟悉這個世界的楊光會比較安全，可是他實在無法無視這種不協調的感覺。

如果楊光對他抱持著不是那方面的意思，那就更危險了不是嗎……

賴文善抬起頭，看向笑著敘述便利商店有哪些東西的楊光，垂低雙眸。

果然，和人相處是件麻煩事，更不用說是初次見面的陌生人。

即便楊光表現得很親切友善，他還是忍不住會往壞的方向去思考，但不知道為什麼，楊光總能讓他不由自主地放下戒心。

「或是是那傢伙天生就給人這種感覺吧。」

賴文善搔搔頭，果斷放棄思考，用最簡單的方式做出結論。

／

這個地方並沒有所謂的時間概念，雖說白天與黑夜的時長每天都不同，但大部分都是晚上，長久下來很容易讓人失去時間感，如果沒有手機輔助，真的沒辦法確認到底已經來到這個世界多長時間。

從初遇那天開始，賴文善就一直跟著楊光行動，就像楊光說的，他們每隔四到五天就會移動到其他建築物去。

起先他以為建築物會很難找，沒想到數量意外地多，不過建築物的面積差距很大，小的就像是三到五層樓的民宅，大的則是像學校那種規模。

老實說，他看不出這些建築物的差別，可是楊光卻很熟練，一下子就判斷出應該選擇什麼樣的建築物休息。

「這次就選這裡吧。」

楊光笑著停在某棟附有電梯的獨棟民宅前，這是一層一戶、大約不到三十坪的空間，比他們先前停留的辦公大樓要來得小很多。

賴文善對他的判斷並沒有任何疑慮，已經跟著他換過三、四次位置，全都很安全，也沒有再遇上那些可怕的怪物。

如果不是因為知道自己還被困在這個危險的世界裡，賴文善真的有種和楊光兩個人到處旅遊的錯覺。

「呼，終於離開那個陰森到不行的樹林了。」

「就算是這樣也別鬆懈，誰也不知道那些怪物什麼時候會冒出來。」

「怪物數量很多嗎？」

「沒人算過，它們神出鬼沒，有時候會很頻繁遇到，有時候卻會像現在這樣，好幾天都不見蹤影。」

「呃，這樣反而讓人整天提心吊膽，都不能好好睡覺。」

「你別擔心，就算它們突然冒出來，我也有信心能夠保護好你。」

看著楊光拍胸脯保證，賴文善也只能苦笑。

他們之前幾天都在樹林裡徘徊，但這次選擇的建築物周圍卻沒什麼樹，反倒是堆積著水泥磚塊、木板等建材，看起來就像是來到蓋到一半的工地。

因為看起來像是危樓的樣子，剛開始賴文善還有點提心吊膽，但在跟著楊光上樓，來到位於七樓的最高層住宅後，他就馬上拋棄了幾秒鐘前的悲觀想法。

這裡十分乾淨漂亮，就像是沒有人住過一樣，與沒有鋪磚、純粹只有水泥牆的外表相比，屋內的家具都是全新未使用，就跟樣品屋沒什麼兩樣。

「嗚哇……這也太誇張了吧！」

這幾天以來他們住的地方不是骯髒，就是像經歷過大戰一樣亂七八糟，沒想到他竟然能夠在這個世界裡看見「正常」的房間。

如果有軟綿綿的床跟可以泡澡的浴缸的話——

「哇！文善，快過來看！」

賴文善聽見楊光的呼喚，便走到裡面的臥房，看見楊光整個人撲進軟綿綿的被子裡面，看起來一臉幸福的樣子。

這幾天瘋狂趕路的他在看見這張床之後，所有的疲勞一下子飛光光。

他跟著撲到床上去，和楊光一起享受被柔軟棉被包覆的感覺。

「這裡還真神奇，我不會是在做夢吧……」

「哈哈！文善你還真可愛，不是在做夢哦，這裡偶爾會出現這種房間，對我們來說就像是中大獎一樣。」

「原來是稀有品啊……吶，我們乾脆就在這定居吧？」

「不行。」楊光苦笑著撐起身體，看向半張臉埋在棉被裡的賴文善，「我雖然也很想這樣做，但是太危險了。」

「但我們這幾天都很安全啊，也沒遇到危險。」

「……文善，不想死的話就別忘記這裡是什麼地方。」

楊光的語氣變得低沉，把賴文善嚇了一跳。他知道這代表楊光在生氣。

「我沒忘記啦，真的。」

「嗯。」楊光摸摸賴文善的頭之後，走出房間，「我去看看這裡的廚房有沒有什麼東西，通常這種房間物資都會很齊全，不用特地跑一趟便利商店。」

「欸！真假？這麼方便的嗎？」

賴文善跟著跑出去，看到楊光正在翻冰箱，一臉期待地趴在開放式廚房旁的小吧檯上面。

楊光仔細翻過後，還真的找到不錯的東西。

他從冷凍庫拿出顏色漂亮的牛肉，笑嘻嘻地說：「我們運氣不錯，有和牛耶。」

「哇——」已經連續吃好幾天泡麵跟麵包的賴文善，一看到肉就馬上吞口水，差點沒從吧檯上摔下來。

他用手背擦擦差點流出來的口水，雙眸閃閃發光，「那我們今天來吃火鍋怎麼樣？和牛火鍋肯定好吃！」

「應該可以，蔬菜那些也滿齊全的。」

「嗚呼！吃肉啦！」

賴文善開心地歡呼，而看著他充滿期待的模樣，楊光也忍不住被他逗笑。

「這還是我認識你以來，第一次看到你這麼興奮。」

「呃！」被楊光這麼一說，賴文善這才冷靜下來，有點不好意思地搔頭，「確實……我有點興奮過頭了，抱歉。」

「我還以為你不是這麼容易把情緒表現出來的人。」

「啊哈哈……這、這是意外，因為真的太久沒吃到肉了……」

他剛才的行為確實很不像自己，而且他也注意到自己在楊光面前似乎越來越放得開，明明就還對楊光留有懷疑之心，可是隨著相處的時間越來越久，這分懷疑也變得越來越淡。

「那麼，你先去洗個澡吧，我們走了兩天都沒好好洗過熱水澡，先把身體弄乾淨了我們再來吃火鍋。」

「我現在馬上就去！」

賴文善衝進浴室，二話不說就開始洗澡。

而進到浴室後的賴文善，沒過幾秒鐘又發出驚呼聲。

「是浴缸——」

在廚房準備食材的楊光聽見他的聲音之後，又忍不住大笑出來。

兩個人的生活，讓他越來越沉溺其中，果然不讓賴文善跟其他人接觸的決定是對的。

這段時間他去便利商店的時候，總會遇到其他同樣被困在這裡的人，每當這種時候，氣氛都會變得很緊繃，而且會互相警戒彼此。

所有人之間沒有任何交流，就只是單純為了生存而拿取必要物資後便離開，甚至連最低的對話也沒有。

這，才是這個世界的「正常情況」。

只有待在賴文善身邊，他才能稍微找到喘息的空間，而這也是處於精神崩潰邊緣的他所需要的。

他始終沒有勇氣開口告訴賴文善，原本的他是抱持著什麼樣的想法進入樹林，如果賴文善知道事實的話，肯定會覺得他很愚蠢。

「喂喂！楊光，你快點去洗！浴缸泡起來超級舒服的，而且它還會冒泡泡跟發光，跟玩具一樣！」

「……是按摩浴缸？」

「對對對！我還是第一次看到，真的超級有趣！」

不知道該說賴文善很天真還是缺乏這方面的經驗，竟然連按摩浴缸都能讓他露出這麼閃閃發光的表情。

他放下洗到一半的蔬菜，擦乾手之後走到他面前。

賴文善的身體暖呼呼的，還冒著熱氣，因為他的皮膚很白，體溫變高之後，紅通通的模樣特別明顯。

不知道他從哪找來寬鬆的上衣跟短褲，就像是小孩子穿大人尺寸的衣服，看起來怪可愛的，甚至連領口寬鬆到露出半側肩膀也不以為意。

如果眼前是個女孩子的話，肯定很養眼，明明知道賴文善是個男人，卻讓楊光覺得這副打扮的他比任何女孩子都要來得可愛。

最開始，他真的沒有對賴文善抱持這方面的想法，然而隨著相處的時間變長，加上知道賴文善喜歡男人之後，楊光發現自己看待這個人的眼神漸漸變得不同。

有意識的改變是非常可怕的事，但，他並不討厭。

「頭髮還溼溼的……」楊光伸手輕輕搓著賴文善溼答答的髮尾，「你先把頭擦乾，萬一感冒就不好了。」

因為楊光這不帶有任何意味的碰觸，賴文善敏感地抖了一下身體，不由自主往後退了一步，甚至壓低視線，不敢和楊光對看。

「知、知道了，我現在就去。」

賴文善像是逃跑般鑽進房間，而楊光也只是靜靜望著他，沒說什麼，轉身走向浴室。

直到聽見浴室傳來水聲，躲在臥室裡的賴文善才終於鬆口氣。

「呼——嚇死了。」

他將手放在胸口上，透過掌心感覺到自己瘋狂跳動的心臟。

毫無自覺的帥哥真是可怕，就算知道剛才那種舉動沒有任何意義，卻還是會讓他感到害臊。

戀愛經驗不足的他，對於楊光的任何舉動，都很容易附上特殊意義。

可是他知道這樣做是不對的，因為楊光跟他「不一樣」。

「哈啊……真是，希望那傢伙能稍微留意一下自己的舉動。」賴文善拿起毛巾，用力擦拭頭髮，同時努力把腦袋裡那些繁瑣的思考全部甩掉。

平常心平常心！

總而言之他絕對不可以因為那些無意義的舉動，輕易把自己的心交出去！

過段時間，洗完澡走出來的楊光看到賴文善已經熟練地將食材備好，甚至已經開始準備煮火鍋湯底，驚訝不已。

「你的動作還真快，看來你真的很想吃肉。」

賴文善自信滿滿地說：「煮火鍋這種事很簡單，而且我一個人住，冬天還滿常煮火鍋來吃的。」

「該不會是因為煮火鍋比較快而且又能吃肉的關係吧？」

「欸，你怎麼知道？」

見他這麼輕易就承認，楊光也只能苦笑，「你還真是好懂。」

「沒啦，上班後再回家煮飯很累，我又不是很喜歡天天吃外食，所以才會常常煮火鍋來吃。」

「上班……原來你比我大？」

賴文善嘻嘻笑道：「你看起來就像是學生的樣子。」

「意思是我看起來很年輕是吧。」

「難道你的意思是我看起來年紀很大？」

「當、當然不是！文善你看起來比我年輕，所以我原本以為你跟我差不多大，聽到你說有在上班我反而嚇一大跳。」

「哼嗯——算了，不跟你計較。」賴文善放好碗筷，將肉盤跟菜盤放在煮著高湯的鍋子旁邊，催促道：「快點過來坐下，我餓死了。」

楊光乖乖坐下，看著賴文善忙著把菜丟進鍋子裡煮，熟練地將肉涮完後夾進他的碗裡面，有種正在跟這個人交往的錯覺。

他很確定自己從來沒有把男人當成戀愛對象，可是賴文善的一切卻讓他開始自我懷疑。

「有夠好吃！」

陷入思考的楊光突然被賴文善的驚呼聲拉回思緒，他一抬起頭就看見賴文善十分幸福地吃著和牛的模樣後，僅存在心底的一絲疑惑，瞬間蒸發。

他先是瞪大眼，接著慢慢垂下眼簾。

賴文善發現他沒動筷子，原本想開口催促，沒想到卻正好撞見他面帶笑容的表情。

他很驚訝，不好意思地飛快轉移視線。

雖然他很想裝作沒看到，但是卻沒辦法無視用溫柔眼神看著他的楊光。

因為那看起來就像是墜入愛河一樣。

明明之前才明確拒絕過他的男人，而且還是個直男，怎麼可能短短幾天的相處就喜歡上他？

最後賴文善決定不再做多餘的思考，先專心把眼前這盤好吃到炸的和牛嗑完再說。

然而這時的他完全沒預料到，幾天後他所遇到的事，會讓他再次體會到這個世界的可怕。

Chapter 02

異狀

在這個漂亮乾淨的房子裡住了兩天後，賴文善已經完全愛上這個地方，甚至思考要怎麼樣才能說服楊光在這裡多待幾天。

回頭想想，可能是因為除了初遇那天見過「A」之外，沒見到其他怪物和遭遇任何危險的關係，日子過得太安逸，導致賴文善開始缺乏危機感，以至於他根本沒有注意到楊光微妙的變化。

屋內的存糧並不會自動補齊，而是不斷消耗，不過因為食材很多樣，所以賴文善能自己做各種菜色，每天更換口味。

第二天晚餐的時候，他不經意地說出一句話。

「啊，果然還是第一天的和牛好吃，不知道以後還能不能吃到。」

「你喜歡那種肉？」剛把洋蔥豬肉夾進嘴裡的楊光，聽到賴文善這麼說，反倒開始認真思考，「嗯——其實我也是第一次見到食材裡有和牛，不過聽說有些便利商店偶爾會出現高級食材，以前我沒怎麼注意，但如果你想吃的話，我之後就留意一下。」

賴文善嚇一跳，「原來還有區別的嗎？」

「對啊，除此之外好像還有其他東西，不過那種便利商店周圍滿危險的，而且人也多……簡單來說很多人會去搶，所以我以前都不太接近那種地方。」

「那還是算了。」聽見楊光的說明後，賴文善垮下臉，「我不想因為吃高級和牛結果丟掉小命。」

楊光哈哈大笑，「不至於啦，反倒是人多的話，那些怪物容易分心，被攻擊的機率也會變小。」

「你的意思是要把其他人當做誘餌？」

「嗯，大家都這麼做。」

楊光用輕鬆平常的態度說著，卻沒發現賴文善因為自己的發言而感到害怕。

雖然之前只是有那麼一點感覺，但是越和楊光交談，賴文善就會發現楊光的道德觀似乎正在慢慢偏離正軌。

他之前曾問過一次楊光在這裡待了多久，楊光當時稍微思考後回答「大概三個月左右」，可是他並不認為楊光說的是實話。

如果說楊光真的只待在這裡僅僅三個月的時間，價值觀就變得如此可怕的話，那麼就更難想像在他遇見楊光之前，這個人過的是什麼樣的生活。

這簡短到很快就會讓人遺忘的對話，並沒有讓賴文善太在意。

就連楊光心裡在盤算什麼事也沒發現。

吃完飯後，楊光負責收拾和洗碗，賴文善則是在客廳打電動。

今天上午楊光發現這台最新的遊戲主機時，他們很訝異，壓根沒想到這裡居然連遊戲也有，根本就像是來度假的。

反正房子裡有吃的，基本生活不用愁，而他們也只會待在這裡幾天時間而已，所以這段時間從沒想過要到屋外去。

不用特別花時間去便利商店找物資，對楊光來說就像得到短暫假期一樣輕鬆，即便如此方便，卻仍然沒有改變他不在同個建築物待太久的習慣。

剛洗完碗的楊光，看了一眼坐在客廳專心打遊戲的賴文善之後，有些苦惱地皺緊眉頭，接著他就聽見自己的手機傳來訊息聲響。

拿起手機的楊光看著螢幕顯示的訊息後，立刻解開眉間的皺紋，笑得很開心。

「文善，今天你先睡，我有事情要出去一趟。」

「咦？」賴文善放下手把，轉頭看著楊光匆匆穿起外套，拿著背包準備穿鞋的動作後，一臉狐疑，忍不住好奇問：「你要去哪？」

「見個朋友，很快就回來。」

「你……有朋友？」

「當然有，不過你最好別跟那些傢伙見面比較安全。」

「呃，我是無所謂啦。」賴文善摳摳臉頰，「反正我本來就不是喜歡交朋友的那種人，就算不認識也沒差。」

楊光似乎很滿意賴文善的回答，他的笑容看上去十分幸福。

在玄關穿好鞋子的他走向大門，將手放在門把上。

離開前，仍忍不住嘮叨：「這附近很安全，不大可能會有危險，但以防萬一你還是要小心一點，早點關燈睡覺。」

「知道了知道了，你快走吧。」

「晚點見。」

「嗯，路上小心。」

楊光好不容易離開後，賴文善看了一眼窗外的天色，留意天黑時間。

入夜後，他得熄滅屋內所有燈光，因為這裡黑夜特別暗，一點燈光都有可能會招來危險，所以楊光告訴他，天色一旦變暗就得熄滅屋內所有光源。

如果真需要光源，可以用手電筒或是蠟燭這些輔助品，但絕對不可開燈，必須營造出建築物內沒有人的情況。

雖然他曾懷疑過這樣會不會讓其他被困在這個世界裡的人以為沒人而誤闖，但楊光說比起人，遇到怪物的機率比較高，而且人比怪物好對付，所以他寧可冒這個風險。

「每天太陽下山的時間都不固定，真麻煩啊。」

原本還想悠閒地繼續打遊戲，但想到楊光的提醒，最後他還是決定先趁天色亮的時候去洗澡，免得待會還要摸黑進浴室。

幸好他的直覺是對的，當他洗完出來沒多久，天色就開始轉暗。

「唔嗯……算了，先睡覺等白天再繼續玩吧。」

如此盤算著的賴文善，走進臥室，原本還沒什麼睡意，但是一接觸軟綿綿的床之後沒過多久他就像條泥鰍似的鑽進棉被裡呼呼大睡。

平常他睡著後就不太容易被吵醒，所以賴文善還以為自己會一覺到天亮，然而熟睡中的他，卻突然被一聲巨響驚醒。

碰！

咚咚咚……碰！

賴文善真的嚇到了。

因為聲音十分急促，光聽就能明白對方有多麼著急。

他突然感覺心裡有種冷颼颼的感覺，背脊也緊張到顫抖。

是楊光嗎？但他不可能發出這麼大的聲響才對。

賴文善戴著忐忑不安的心情慢慢走下床，稍稍打開一點臥室的門偷看外面的情況。

嘩啦啦的水聲從浴室傳來，但因為沒有開燈的關係，他無法確定裡面是不是真的有人。

「……楊光？」

賴文善忐忑不安地開口，然而沒能得到回應。

是因為水聲太大所以把他的聲音蓋過去了嗎——這樣想著的賴文善，打開手機附設的手電筒，照亮走廊。

沒看還好，一看之後差點沒把他嚇死。

地板上全是紅色的液體，被鞋印踩過去之後，一路延伸到浴室門口。

浴室門是打開的，所以水聲特別明顯，但是卻看不見裡面的情況。

賴文善無法確定那個紅色液體是不是血，可是空氣中傳來的鐵鏽味道，卻和血的腥味十分相似，這讓他沒辦法不在意。

這瞬間，賴文善才終於回想起自己身處在什麼樣的世界裡。

明明是如此的危險可怕，他卻因為被楊光保護而過得太安逸，完全失去恐懼感，這樣的他簡直爛到不行！

「楊光，是你吧？」

賴文善鼓起勇氣走出去，雖然他很害怕，但是卻又有種謎樣直覺告訴他，浴室裡的人是楊光沒錯。

他走進浴室，發現沐浴間的門沒關，蓮蓬頭的水大量撒在地上，甚至連同外面的地板一起弄得溼答答的。

賴文善看見楊光的包包被任意甩在浴室地板上，上面全都是明顯的血漬，雖然包包看上去裝得很滿，可是他卻沒有勇氣確認裡面的物品。

至少他可以確定這個人是楊光沒錯，而不是闖入這裡的危險陌生人。

一想到這，賴文善就稍微冷靜下來，取而代之的，是擔憂。

沐浴間裡有個人環抱著膝蓋縮在裡面，任由蓮蓬頭的水打在自己身上，即便視線不佳，還是能夠清楚看到他正在顫抖。

「楊……楊光？」

可能是突然聽到賴文善的聲音的關係，楊光嚇了一跳，慢慢把頭抬起來。

賴文善看到他的表情後驚嚇不已，總是帶著溫柔笑容，充滿著太陽氣息的楊光，此刻看起來疲倦不已，沉重的眼皮像是快要撐不開，甚至無法對焦。

而且很奇怪的是——楊光的雙眼瞳孔顏色變了。

與其說是瞳孔顏色改變，不如說是在發光，在這漆黑的浴室空間裡散發著如太陽般耀眼的金色光芒。

楊光原本頹廢、恍神的態度，在見到賴文善的臉之後，像是從夢中驚醒過來，立刻把頭低下來，埋入手臂裡遮掩。

「不……不要看我……」

他用手臂遮掩自己的臉，但賴文善注意到的卻不是那雙發光的瞳孔，而是他手臂上的傷痕。

傷痕約有半條手臂長，而且還在流血，這讓賴文善立刻沉下臉衝過去，抓住他的手臂。

楊光嚇一大跳，還來不及甩開，就先被賴文善大聲質問的態度震撼住。

「你這白痴！先止血啊！」

賴文善很想立刻把楊光拉起來帶出去，可是他拉不動體型比他壯的楊光，只能氣憤地關掉蓮蓬頭的水，隨手拿起乾淨的毛巾壓住傷口後，匆匆忙忙跑到外面去，過幾分鐘後拿著醫藥箱回來。

楊光傻愣愣地看著賴文善替自己處理傷口，甚至還可以聽到他因為煩躁加上火大，偶爾不耐煩地咂嘴。

原本顫抖的身體，在被賴文善碰觸到的那個瞬間，冷靜下來。

身體還是冷冰冰的，但他所有的注意力卻都放在被賴文善碰觸的地方，因為只有那裡可以感受到溫度。

簡單處理完楊光的傷口後，賴文善抬起頭，十分生氣地瞪向一臉無辜的楊光。

「到底發生什麼事了？你是想把我嚇死嗎！」

「抱、抱歉……」楊光垂頭喪氣，就像是被主人斥責的大型犬，「我沒事的……真的沒事。」

賴文善毫不客氣地用雙手掌心同時拍打楊光的左右兩側臉頰，更加火大。

「都變成這副模樣了，還跟我說沒事？」賴文善第二次咂嘴，這回他直勾勾注視著楊光的瞳孔，直接問道：「你的眼睛是怎麼回事？別說謊，也別想用其他藉口隨便敷衍我，給我老實說！」

楊光的臉頰被擠壓，看起來很難受的樣子。

他確實還在思考要拿什麼理由來矇騙賴文善，可是當他聽見賴文善禁止他說謊後，反而不知道該從何解釋。

是他大意了，因為和賴文善一起行動的日子太過普通，普通到讓他忘記這個世界的殘酷，結果才會變得這麼狼狽。

他只不過是想讓賴文善高興，卻適得其反惹火他。

「喂，回答我的問題！」

「……是能力。」

預料之外的回答，讓賴文善愣了半秒後反問：「什麼？這是什麼意思？」

「誤闖這個世界的人都會獲得一種能力，只不過啟動它是有條件的。」

「我聽不太懂你的意——好冰！」

賴文善皺緊眉頭，還沒理解楊光說的話是什麼意思，就先被突然打開的蓮蓬頭淋了一身冷水。

他嚇到，滿臉驚恐地轉頭看向開關。

奇怪，剛才明明就是關上的，而他跟楊光都沒有去碰它，怎麼會自動打開？

這個詭異的事實，加上楊光提到過的「能力」，讓賴文善突然理解了這個詞彙的意思。

「這就是你的『能力』？」

「嗯，但不是你想的那樣。」

「你又知道我在想什麼了？」

楊光抬起眼眸，原本想說些什麼，但是卻換上了苦笑。

「算了，總之簡單來說能力就是像這種樣子的，因為你不知道所以我才會避免讓你跟其他人接觸。」

「搞什麼啊……有這麼好用的東西為什麼不告訴我，萬一我的能力不錯，不就可以拿來擊退那些怪物嗎？」

「不可以。」楊光突然壓低聲音，除了聽得出他有點生氣之外，還夾帶些許威脅的意味，這讓賴文善有點被他嚇到。

「什……什麼？為什麼你的反應要這麼大？」

「你忘記我說過，啟動能力是要有條件的嗎？」

「我沒忘記啦……難道說那個條件很危險？」

「……總而言之，你絕對不可以隨便啟動能力，也不要接觸這類事情，我的能力足夠保護我們兩個人，你什麼都不用擔心。」

楊光的話聽起來，就像是在告訴他什麼都別做，這讓賴文善很不爽。

剛開始他還能夠理解，畢竟他初來乍到，什麼都還不懂，可是現在他已經跟著楊光生活一段時間，雖然不能說是完全理解，但他已經接受自己來到這個奇怪世界的事實，也做足了能夠面對任何非常理的事情發生。

他已經不是剛開始那個對一切都懵懂無知，只知道害怕、想要依靠楊光的拖油瓶，無論發生什麼事情他都可以接受。

「你為什麼總是把我排除在外？我不想總是依賴你生存！」

「我才不是因為那種無聊的原因阻止你！」

楊光忍不住大吼，他用力抓住賴文善的雙手手臂，激動地說：「我希望你不要被這個該死的世界污染！不要變得像我這樣！」

抓住賴文善的手臂，因為過度施力，傷口又開始裂開。

鮮血很快就染紅剛包紮好的繃帶，但楊光卻不在乎，甚至感受不到傷口的疼痛，此刻他的眼裡只有焦急與不安。

賴文善不知道楊光在遇見他之前發生過什麼事，但從他的態度可以確定，楊光對於這裡的一切都充滿陰影。

「……所以你才說要保護我？」

「什麼？」

突如其來的提問，讓楊光愣住。

賴文善並不打算給他好臉色看，他將臉貼近楊光，大聲追問：「我就覺得奇怪，你對我的善意好到過頭，明明是初次見面卻又莫名對我產生強烈的保護欲，就像是護著小雞的母雞一樣，什麼都不讓我知道。」

「我……我……」

楊光被賴文善強硬的態度嚇到，他向後縮起脖子，鬆開抓住他的手，慢慢後退，但賴文善沒打算讓他逃走，迅速逼近，直到楊光的背貼在磁磚牆上，無路可逃為止。

他伸手掠過楊光的右耳耳際，掌心用力拍打在磁磚上面，逼迫楊光直視自己。

楊光十分混亂，他張著嘴看著賴文善強硬的態度，臉色鐵青。

「文……文善……」

「你到底要我成為什麼樣子你才會滿意?楊光。」

「我……我不……什麼都……」

「說清楚，否則我就離開。」

「不!不可以!」

「離開」這兩個字似乎是關鍵詞，楊光一聽到後立刻變得激動不已。

賴文善實在不懂，究竟是什麼事讓楊光如此想要隱瞞，簡直就像是想讓他在不清楚這個世界的完整規則下生存一樣。

三歲小孩都知道，這是不可能的事。

「是我太過相信你了嗎……那好吧。」賴文善收回手，慢慢起身，「我現在就去收拾東西離開，只要我單獨行動的話，就可以明白你想隱瞞的究竟是什麼了吧。」

原本想就這樣直接走出去的賴文善，卻在說完這句話之後下一秒聽見浴室門被用力關上的聲音。

如同瞬間剪輯的影片，前一秒還癱坐在沐浴間地板上的楊光消失不見，當他聽見關門巨響而轉過頭之後，發現楊光正背對著他，雙手撐在門板，將門緊緊關上。

這次他真的被嚇到了。

他還以為楊光的能力是移動物體，但現在看來並非如此。

不管是什麼能力都不重要，因為慢慢轉過頭來的楊光大步接近他，並站在他的面前，垂頭不語。

水珠一顆顆的從他的髮尖滴落，此刻的楊光，令人感到恐懼。

賴文善臉色慘白，不由自主地想要逃跑，卻被楊光抓住手腕阻止。

「不可以……不行……」楊光喃喃自語著，並慢慢抬起頭。

被那雙金色眼眸注視的瞬間，賴文善意識到了危險，而他也知道自己逃不出這個人的手掌心。

「我明明是想保護你……不想讓你變得污穢不堪……因為只有你……你是乾淨的……很乾淨……」

楊光口中念念有詞，雖然可以聽得清楚他在說什麼，卻無法理解這些話的意思。

賴文善原本想開口說些什麼，可是楊光卻突然用力抓緊他的手腕。

強烈的痛楚讓賴文善皺緊眉頭，「好痛！」

楊光並沒有因為他喊疼而鬆開手，就這樣直接把他的手高舉過頭，並把他整個人往後推到牆壁上去。

手腕疼、背也因為撞擊過大而痛到麻痺，但賴文善卻只能咬牙切齒地瞪著楊光，什麼都做不了。

「楊光，你到底在搞什——喂！等等，你、你在摸哪裡！」

楊光的眼神裡彷彿沒有自我意識，空洞無神的視線讓賴文善的心涼了一半。

他把手伸進賴文善的睡褲裡，扯下內褲，直接握住軟趴趴的陰莖。

賴文善想推開他，但只剩單手能夠施力的他，根本做不到。

那隻手只能放在楊光的胸口上面，不停顫抖。楊光的手很冰，所以被他碰觸到的地方感覺更明顯。

「放……放開我……該死的，楊光，你給我……唔！」

不知道是不是太久沒有被人碰觸的關係，還是楊光的手指觸感太舒服，他竟然硬了。

在這種情況下也能夠硬起來，賴文善對於自己身體的自然反應感到無奈。

淋了冷水的身體，因為楊光的碰觸而開始變得溫暖，賴文善顫抖著喘息，咬緊牙根，努力不發出聲音。

楊光看見賴文善故意忍耐的樣子，故意用力握緊後，用指尖摳弄龜頭。

「唔！你、你這……呼嗯！」

賴文善整個人靠在楊光的懷裡，瑟縮著身體，無法掩飾自己因為楊光的手而感到快感的事實。

這個人到底在想什麼？為什麼要突然莫名奇妙地對他做這種事？

堆滿疑問的腦海，漸漸地被下腹傳來的快感清空思緒。

都怪楊光的手太舒服，他磨蹭的方式也相當熟練。

明明不想要，可是他卻還是忍不住夾緊雙腿，因為他的碰觸而燃起了欲望。

「不、不可……唔嗯……好舒服……」

看著賴文善在懷中漸漸融化，從抗拒慢慢變得順從，楊光的眼神慢慢恢復了理智。

「哈啊、放……放開我……」

楊光嚥下口水，看著賴文善懇求自己的表情，並沒有乖乖聽他的話。

釋放著金光的瞳孔，被半垂的眼皮遮掩，他輕輕地低下頭，張開嘴吻住那雙不斷懇求他卻又沉浸在快感中的嘴唇。

突如而來的親吻令賴文善驚訝，甚至可以感覺到楊光的舌頭探入口腔，不斷逗弄著他上顎的刺激感。

這些，全都是他從來沒有體驗過的。

一切發生得太突然，無論是撫摸還是接吻，全都像是要把他完全吃掉一樣，貪婪地吞噬著他。

在楊光手掌心裡不斷磨蹭的陰莖，又腫又痛，舒服到讓他不再矜持下去。

「我想射……要射了……」

楊光睜開眼看著賴文善，挪開與他交纏的雙唇，在他耳邊低語：「嗯，去吧。」

因為楊光那低沉沙啞、充滿性欲的聲音，賴文善實在無法承受住。

他咬住下唇，夾緊屁股，就這樣在楊光加快磨蹭他陰莖的狀態下射了出來。

哈——真的好舒服。

射出來的瞬間，酥麻的感覺令賴文善不由自主地擺動臀部。

當他看見自己射出來的白色液體黏在楊光的衣服上面之後，也只是大口喘息，目不轉睛地盯著看。

楊光不再給他像剛才那樣炙熱的吻，也把限制住他的手鬆開。

他走到洗手台，將手上沾到的精液沖洗乾淨後，轉頭對賴文善說：「過來。」

賴文善雙腿無力地靠在磁磚牆上，褲子都還沒穿好，射精完的陰莖還溼答答地沒有擦拭乾淨，就被楊光強硬地拽過去。

「呃！你、你做什——」

「看清楚你現在是什麼模樣吧。」

賴文善愣了下，雙手撐在洗手台邊，直視鏡中的自己。

他無法形容此時此刻內心的驚訝程度，顫抖地慢慢抬起手撫摸自己的眼袋。

鏡子裡的他，因為浴室很暗而看不清楚模樣，唯獨那雙散發著銀白色光芒的眼瞳十分明顯。

賴文善嚇了一大跳，腦袋瞬間清醒。

「這、這是怎麼回……」

「能力啟動的狀態下，我們的眼睛就會變成這副模樣。」楊光的胸口緊貼著賴文善的背，嘴唇貼在他的耳邊，輕聲解釋：「這就是啟動『能力』的條件。」

賴文善張著嘴，說不出半句話。

他的雙手無法停止的顫抖，即便他知道這個世界無法用常識去理解，可是眼前發生的事實還是讓他難以接受。

「只、只要做這種事就能得到力量？」

「正確來說是要在性亢奮後才會啟動能力，也就是說身體必須要體驗到高潮才可以。」

比起自己的變化，此刻賴文善想到的並不是對於能力的問題，而是楊光。

他立刻轉過頭面向面無表情的楊光，「所以你、你做了？然後我的能力才……」

楊光驚訝地瞪大雙眼，因為他沒想到在知道實情後，賴文善第一個擔心的竟然是他而不是自己獲得什麼樣的能力。

他很快就恢復平靜，一副沒什麼大不了的態度對賴文善說：「我已經習慣這種事，所以不要緊。而且如果不啟動能力再過去的話，就不可能活著回來。」

「說什麼習慣……」

「你放心，不管是在什麼樣的狀況下，也不管彼此的意願跟喜好，一旦開始做這種事情任何人都能很快進入狀況。」

「什、什麼？」

「這個世界的空氣裡參雜類似催情劑的成分，雖然不具有毒性，不會對人體造成傷害，卻能夠容易讓人陷入發情狀態。」

「你到底在說什麼啊……為什麼你可以用這麼無所謂的態度說出這些話……」

「因為無論喜歡或討厭、害怕或不爽，我還是會產生性欲。」楊光慢慢向後退開，和賴文善保持距離後，低著頭說道：「像我這種本來喜歡女人的傢伙，也能對男人產生性欲，不就是最好的證明？」

直到楊光退開，賴文善才能好好地轉過身來。

同時，清楚看見楊光褲頭被撐起，就像是對剛才的行為產生性欲一樣。

事實帶來的衝擊，讓賴文善說不出任何話。

安慰？斥責？他不知道自己現在該用什麼樣的表情面對楊光。

楊光似乎是知道他的想法，默不作聲地打開浴室的門，走了出去。

被獨自留下的賴文善在楊光離開後，像是洩了氣的皮球，腿軟癱坐在溼答答的地板上，遲遲無法回神。

他太小看這個鬼地方了。

「該死……」

除了咒罵之外，他說不出任何話來。

結果直到天空變亮為止，他才帶著疲憊的身軀走出浴室。

而屋內也失去了楊光的蹤影。

／

他的瞳孔散發著令人畏懼的銀色光芒，連在鏡中看著這樣的自己，也會不由自主感到害怕，和楊光那溫暖的金色光芒不同，他的瞳孔看上去就不像是人類。

賴文善拉開眼皮，仔細觀察自己的瞳孔後才確認一件事，這並不是真正的光芒，而是因為他的瞳孔像鑽石般閃耀，所以才會看起來在發光。

這麼想也對，如果真的是發光的話，那他的眼睛在黑暗中就像是手電筒一樣，根本不用愁手邊沒有蠟燭或是電燈開不了的問題。

其次，他也對冷靜過頭的自己感到錯愕。

按正常情況來說，再怎麼樣也會因為荒唐的現實而感到混亂，遲遲無法接受才對，但他卻在楊光離開後沒幾分鐘就冷靜下來，甚至還能像這樣照鏡子仔細觀察、思考原因。

就像是這個世界強制讓他的大腦冷靜下來似的，感覺不是很好。

賴文善躺在床上，望著天花板發呆，初次啟動「能力」讓他的心情變得很微妙，同時他也很快就意識到自己擁有的是什麼樣的能力，無論是操作還是使用方式，都像是說明書一樣直接進入腦海，根本不用浪費時間測試或是擔心無法實際操作，現在的他有十足的自信能將「能力」應用自如。

單就這點來說很方便，不過他並不認為自己是例外，恐怕所有人在啟動「能力」後都能立即擁有這些情報，所以他現在絕對不能因此而感到自滿。

除此之外，他還發現到一件事。

手機裡自動新增了幾項陌生的APP，一個是地圖，一個是通訊軟體，一個則是像搜尋系統的網頁。

賴文善帶著好奇的心點開它們，一個個確認完畢後，他理解這些軟體是在這個世界生存必須擁有的輔助工具，同時他的無線網路也變成亂碼。

網路是正常的，只是因為亂碼的關係，他不清楚自己連接到的是什麼樣的網域，但直覺告訴他，應該是這個世界限定的。

「能力」的啟動，不僅僅只是讓他理解自己所擁有的力量，除了冒出這些奇怪APP之外，他的聽力和視力突然變得很好。

奇妙的感覺——這是賴文善唯一的想法與結論。

彷彿是在啟動「能力」之後，他才終於成為這個世界的一分子。

不過，他也產生了新的疑問。

原本他以為像他們這些誤闖進來的人是「A」的活體糧食，但如果只是這樣的話，為什麼還要賦予他們這種特殊能力，甚至保留如此完善的系統。

就像是在要求他們利用這些情報，想盡辦法在這個世界存活下來似的。

「不行……實在搞不懂。」

賴文善從床上爬起來，越想越無法理解，如果他想解開心中的種種疑問，就只能想辦法跨出去，靠自己來解答。

等楊光冷靜之後，就這樣和他說，說他不會再當個被人保護的拖油瓶，他也可以幫上忙。

抱持著這個念頭的賴文善，邊等楊光邊打瞌睡，最後終於撐不住沉重的眼皮，沉沉睡去。然而直到他醒過來，楊光都沒有回來。

他心裡開始有些不安，不過因為他才睡了五個多小時，所以就抱持著樂觀的想法繼續等下去。

在等的時間裡，他發現自己的瞳孔慢慢恢復正常，八個小時後銀光徹底消失。

他可以感覺到自己無法使用「能力」，也就是說眼睛發光的那段時間，代表能力是ON的狀態，光芒消失後就會回到OFF。

如果他想再啟動能力，就得想辦法讓自己高潮——可能楊光就是因為討厭這麼做，才遲遲沒有告訴他能力的事。

回到浴室的賴文善，開始整理並清掃走廊上的血跡，當他看見被楊光扔置在浴缸旁邊的背包後，便蹲下來打開看。

他想知道楊光那天晚上究竟跑出去做什麼，明明出門前包包沒那麼鼓，回來後裡面卻裝得滿滿的。

充滿好奇心地打開背包後，賴文善當場傻眼。

包裡塞滿已經退冰、並開始散發出臭味的牛肉，包裝和肉片跟他之前吃的和牛一模一樣。

看到這些肉賴文善才明白，原來楊光當時說要出門，是去幫他找肉。

就因為他說過和牛好吃、自己很愛吃肉的關係，所以就冒著危險去找這些肉，結果受了傷回來？

賴文善將臉埋入左手掌心，大口嘆氣。

「該死……那個傻瓜。」

沒想到楊光竟然為他做到這個分上，即便知道楊光對他沒有那方面的意思，卻還是會讓人忍不住心動。

楊光說過這種少見食材所在的便利商店，遠比其他地方要來得危險，這讓他無法想像他是用什麼方式、花費多少力氣拿到這些肉的。

「都不能吃了，好可惜。」

賴文善將所有肉取出後扔到垃圾桶裡，雖然心疼，但退冰後又在常溫下放好幾個小時的肉，吃下去恐怕會拉肚子。

等楊光回來，他再做點其他好吃的東西，絕對要比這些和牛好吃百倍。

但是——

「他還會回來嗎？」

賴文善望向門的方向，無法無視內心的不安。

直覺告訴他，楊光不會再從那扇門出現。

一天過去，楊光並沒有打開那扇門進入屋子裡，但賴文善並沒有放棄。

他繼續在這間屋子裡等待楊光，一天天等，可是第四天過去了，接著第五天、第六天……在屋內糧食完全消耗完畢的第七天早晨，賴文善確定了一件事。

他再怎麼等都是沒用的，楊光不會回來。

曾對他說過別離開他身邊的宣言，此刻聽起來就像是個笑話。

確定這個事實的賴文善，開始準備離開的行李，而直到最後一秒，他都還抱持著楊光很有可能會打開門的想法，可惜他的期望最終仍然落空。

賴文善帶著簡單的隨身物品，在離開前最後看了一眼室內，靜靜關上門。

既然楊光不肯回來，打算就這樣消失不見給他看，那麼他就只能自己去找人。

無論楊光所做的一切有什麼理由，他都要親耳聽他說清楚。

離開公寓的賴文善就像是換了個人，眼神銳利，不再帶著遲疑與恐懼，而是拿出手機飛快搜索。

如果說啟動能力後就會變得能夠看到這些APP的存在，就表示楊光也能夠看到並且使用，他只要透過社群軟體找到楊光出沒的線索就好。

便利商店有和牛的情報，肯定是楊光透過社群裡的其他人手裡取得的，他只要照做就好。

雖然他不喜歡和其他人交流，但是這並不代表他不擅長。

他一邊走著一邊滑手機，確認幾個群組的對話內容。

這個社群軟體和一般的不同，每個群組的人數都是一樣的，而且不需要手動加入，也就是說，這些群組顯示的人數就表示目前在這個世界裡啟動「能力」的人口總數。

兩百多人，人數比他想得還要多很多。

「總之，先試著接觸其他人獲取情報再說。」

出發前賴文善就已經先確定了附近的地圖以及位置，附近似乎有個小城市，透過最新討論的群組內容，他知道楊光那天晚上去的便利商店就在那個地方。

他的目的並不是去走楊光那天曾走過的路，而是想辦法找出曾和楊光接觸過的人，楊光說過在這個世界裡無法靠一個人過活，所以這兩百多人裡面，肯定有認識楊光的人，甚至——可能存在著那天晚上協助楊光啟動「能力」的對象。

在知道有這個「能力」的存在後，他就利用手機的搜尋系統找過這方面的情報，搜尋系統十分好用，只要關鍵字寫對的話，任何情報都能輕易取得，也多虧它，讓賴文善在等待楊光的這段時間裡沒有閒置太久。

雖然不能說得上是已經無所不知，可是他現在已經不是沒有基本常識的笨蛋。

就在這個時候，他發現有個人單獨傳訊息給他。

「你好，新來的。」

訊息很簡單，但卻可以感覺到對方語氣很傲慢。

賴文善原本打算無視，卻看見對方下一句話之後，皺緊眉頭。

「想見楊光的話，就來這裡。」

訊息之後是一張地圖截圖，上面標示著箭頭，並且將目的地重點畫圈。

「搞什麼……」

這種訊息感覺真的很像是詐騙，然而這卻是賴文善現在唯一的線索。

不去白不去，如果是陷阱的話，他就撿根棍子打死對方。

就這麼決定。

Chapter 03 道歉

嚴格來說，賴文善跟楊光雖然短暫相處過幾天，但兩人之間的關係卻稱不上是朋友，可是也不像陌生人。

他曾以為楊光對他的那些舉動，是因為對他有意思，直到今天，想起自己當時的誤解，仍會讓他覺得自己很沒大腦。

不過那天的失誤並沒有讓彼此間變得陌生，相對地，回想之前兩人的生活，反而有點像是在冒險的感覺，說實在話有楊光在身邊，能讓人感到特別安心。

賴文善曾以為楊光是不是把他當成朋友，所以總是很自在地面對他，即便知道他是以男人為戀愛對象的同性戀，也沒有對他產生偏見或是遠離。

老實說，因為相處起來很舒服，所以賴文善並不打算特地為兩人的關係做區分，不管是朋友也好、臨時的同伴也罷，都不是那麼重要。

然而在他的心裡面，其實早就已經開始對這個世界還有楊光的行為產生些許困惑，因為楊光在跟他相處的時候，總是希望他能盡量不跟這個世界的東西接觸，包括拒絕讓他去便利商店、刻意選擇不會遇到其他人的路線，甚至是故意多花點時間在樹林裡繞路。

——對，沒錯。後兩者是他在透過APP的地圖觀察後得出的結論，也是讓他開始懷疑楊光目的的主要原因。

地圖APP上面清楚標示著重點區域跟建築，同時也把樹林的面積和周圍的情況一五一十地展現出來。

原本以為那片樹林面積很廣的賴文善，多次確認樹林位置與面積後，即便不想承認，也必須面對親眼看到的現實。

樹林面積根本就不大，那都是楊光故意帶著他在裡面繞，而讓他產生的錯覺，擁有地圖的楊光不可能會迷路，只要他想，很快就能帶他離開，可是他卻沒有這麼做。

沒有地圖的情況下，人的方向感很容易會產生錯亂，因此在樹林裡迷失，這也就是楊光為什麼能理直氣壯當著他的面撒謊，而他還傻傻相信的原因。

至於不讓他與其他人接觸這點，賴文善也能大概猜出端倪。

從最後一次見面時，楊光那奇怪的態度來看，估計是不想讓他啟動「能力」，所以一直不希望他接觸其他人，知道隱藏在這個世界的骯髒事實。

楊光希望他是「乾淨」的，彷彿就在說自己是個骯髒不堪的人，這種說法讓賴文善很不高興。

他所知道的楊光總是很樂觀開朗，沒想到實際上他的內心卻這麼悲觀，甚至到了討厭自己的地步。

如果說楊光和他一起行動，是能夠讓他逃避骯髒的事實，那麼他無法原諒。

現在的他只想和楊光再次說上話，至少要在雙方情緒冷靜、不受影響的前提下把想說的話全部說清楚，不要再有隱瞞。

可笑的是，現在會變成這樣全是因為他發現楊光的祕密，並且直接將對方最想隱藏起來，不想讓他知道的事實強行揭露，導致情緒失控，逃離現場。

賴文善認為楊光並不是丟下他不管，而是覺得沒有辦法再像以前那樣和他相處，才會選擇離開這裡。

楊光心裡很清楚，啟動能力後他就會自動獲得這個世界的所有情報與基礎知識，這樣的話就算他不在，也不會遭遇危險。那個傻瓜大概怎麼樣也沒想到他會主動去找他吧。

「……不管怎麼說，我還是來了。」

賴文善來到對方指定的地點，是個立體停車場，大約有七層以上的高度，隱約可以看見裡面停有幾台車，但數量並不是很多。

不過這只是從外面看過去的狀況而已，實際是怎麼樣就無法得知。

現在的他沒有啟動能力，若是在完全無計畫的情況下直接走進去，絕對是送死行為，而他肯定沒那麼愚蠢。

周圍很安靜，透過APP的地圖可以確認出裡面確實有人。

地圖上不並不會顯示對方的位置和數量，但是本身所在的位置會有個黑點，周圍則是有向外擴散的顏色動畫。

若附近沒人，顏色就會是黑的，一旦有其他人就會轉變為黃色，並依據自己與對方的距離慢慢增深為紅色，成為暗紅色之後手機就會傳出警告音。

很好用，但這款APP沒辦法提供怪物的位置，它能讀取到的只有手機上裝載這款APP的人。

也就是說，它同時也無法確認能力未啟動的人的位置，所以不能算是能夠完全確保周圍安全的軟體。

如果說不害怕，絕對是在說謊，可是賴文善仍鼓起勇氣走進停車場。

停車場只有提供汽車進入的車道，一樓只有機車停車位，二樓以上全是汽車格，開車騎車都很方便，但如果要靠雙腿的話，就只能爬樓梯。

沒有電梯就算了，就連樓梯都是沒有扶手、純粹以水泥搭建而成，寬度只夠兩個人並肩前進，加上中間沒有加裝安全網，可以直接看到一樓的地板。

若不小心滑倒或是重心不穩歪錯邊的話，就會直接摔到一樓，粉身碎骨。

不幸中的大幸是樓梯位處於牆壁旁，為了安全起見可以貼著牆壁走。

賴文善先上了二樓，因為他不確定對方指定的樓層，所以原本打算每層樓都去過一輪看看狀況，畢竟這個停車場是開放式的，不難搜索。

在他剛到二樓的時候，手機傳來訊息通知聲響。

是傳訊息要他過來的人。

「七樓。」

雖然只是簡單兩個字，但賴文善卻感覺得出來這是命令的口氣。

他完全沒有停下來休息，打算直接爬上七樓，很快他就覺得事情有點奇怪，因為剛來到六樓樓梯口的他，聽見上方樓層傳來吵雜的聲響，謹慎地停下腳步。

總感覺，氣氛似乎和他原先預料的有點不太一樣。

「哈哈哈！」

「唉唷我的天，你也太壞了吧？」

伴隨著熱鬧的笑聲，以及用輕鬆口吻調侃對方的語態，加上充滿躍動感的音樂，就像是來到PUB般熱鬧。

賴文善對這種地方不是很了解，因為人多加上音樂聲大到讓人頭痛，閃爍的燈光系統則是會讓人眼睛感到不適，即便有開冷氣和保持空氣暢通，仍會感到窒息、悶熱，所以一直以來他都很避諱來到這種地方。

賴文善雖然沒有很討厭這種夜店般的氣氛，卻還是忍不住皺緊眉頭。

不擅長面對太多人的賴文善，一瞬間閃過直接離開這裡的念頭，但是他卻聽見那些人的對話裡出現熟悉的名字。

「楊光說不幹了的時候，我還很擔心他，沒想到這麼快就又妥協跑回來。」

「他最近看起來挺愉快的，比之前陰氣沉沉，笑也不笑的模樣好很多。」那個聲音邊說邊嘆氣，聽起來很無奈，「那傢伙之前遇到不少狀況，所以我可以理解他為什麼痛恨這個世界。」

「他的缺點就是太認真。」

「是啊！不過那也是他的優點。」

「哈哈哈！你說得對。」

這群人聽起來感情不錯，而且從他們討論楊光的態度來看，似乎並不是敵人。

單就這點來講，賴文善覺得可以賭一波。

於是他爬上樓梯，來到七樓。

當他出現在七樓樓梯口的時候，立刻感受到所有人的目光同時投射到自己身上來，那種緊張和壓迫感差點沒讓他緊張到咬破舌頭。

賴文善冷汗直冒，這些人的眼睛都在發光，也就是說他們的「能力」是啟動狀態，十分危險。

「呀？終於來啦！」

翹著二郎腿坐在吧檯上的男人搖晃著手裡的酒杯，向他打招呼。

這個人打扮得很前衛，上半身穿著露出肚子的貼身短背心，下身則是鬆垮的工作褲，手臂和脖子都有紋身，給人一種危險的感覺。

和其他人不同的是，這個男人的眼眸並沒有在發光，甚至還用孩子般的稚氣笑容向他打招呼，只不過，當他開口的同時，其他人頓時安靜無聲，沒人敢說話，和剛才吵吵鬧鬧的氣氛完全不同。

賴文善立刻就意識到，這個男人是這群人的老大。

男人跳下來，拿起不知道裝了什麼液體的酒杯走向賴文善，二話不說直接遞給他。

意思是要他先喝再說？這種用行動來給人壓力的方式，還真夠讓人胃疼。

賴文善接過酒杯，一口灌下，接著把空酒杯輕輕放在旁邊的桌子上。

所有人都為賴文善爽快的態度感到驚訝，甚至有人忍不住吹了聲口哨，尤其是遞酒給他的男人，笑得更開心。

「發訊息給我的人是你？」

「呵，是我沒錯。」男人瞇起眼眸，笑得特別開心。

他沒想到賴文善竟然沒有拒絕他給的酒，還毫不猶豫地喝光，這種骨氣可不像是個剛誤闖陌生世界，隔了好幾週才啟動能力、取得這個世界基礎知識的人。

男人對賴文善產生興趣，盯著他的眼神閃閃發光，可賴文善卻一臉嫌棄地用手背擦嘴，沒把他放在眼裡。

「我終於明白為什麼楊光想把你藏得死死的，看都不給人看。你果然是個不錯的男人，怎麼樣？要不要成為我的同伴？」

「沒興趣。」賴文善果斷拒絕，並把話題轉回到楊光身上，「我問你，你們是不是一直都有跟他保持連絡？」

「當然，光靠一個人是無法在這個世界生存的。」男人將手搭在賴文善的肩膀上，把臉貼近他的耳邊，輕聲低語：「那天告訴他和牛位置的人，也是我。」

賴文善嚇了一跳，男人則是拍拍他的肩膀後轉身離開。

照對方說的，賴文善幾乎可以確定楊光以前提過有在保持連絡的同伴，十之八九就是這群人。

「我還以為楊光已經被你討厭，為此我們幾個還趁機賭一把呢。」

賴文善看見男人聳肩搖頭，便把目光轉移到沙發區的其他人身上，發現他們正興致勃勃地和賭輸的人討錢。

他都不知道，原來自己成為賭盤的中心人物。

不過，依照這些人的個性來看，並不讓人意外就是了。

「討厭的話我就不會跑到這裡來，再說，我們還有話沒說完。」

男人歪頭，「楊光跟我們說他被你討厭，我才正覺得奇怪呢，明明那傢伙最近總是以你為生活重心，偶爾聊天的時候也幾乎都在講你的事，怎麼想也不可能突然間被討厭，而且還是在他帶那麼多高級食材回去後的當天。」

「那是他自己胡思亂想，根本沒有親口確認過我的想法，虧他還有臉在那邊當悲劇女主角。」

「哈哈哈！小賴賴你這人真有趣。」

「……小賴、賴？」

沒想到會被初次見面的人以這麼快速度取暱稱，老實說賴文善不是很喜歡，可是看對方的態度，就算拒絕的話大概也沒什麼用。

男人臉皮厚又愛裝熟的態度，可以看得出來他很擅長交際，跟他相反。

「跟我來，我帶你去見楊光。」

對方朝賴文善勾勾手指，示意他跟過去。

賴文善皺緊眉頭，慢慢從這群坐在沙發上的人面前經過。

他可以感受到這些眼神正在嚴格地上下打量他，讓他很不舒服，但也只能咬牙忍過去。

那些視線並不是在評價他這個人，而是在觀察他的身體。

現在的他很清楚這個世界的特性，看到這些人發光的瞳孔，以及那露骨的視線後，就不難明白這些人的視線裡充滿著什麼樣的意圖。

無視這些不友善的視線，賴文善跟隨眼前的男人走過空曠處，來到對角線位置的另一側沙發區。

除沙發之外，這裡還有一個凌亂的床墊，周圍散落著許多垃圾，床上則是放著零散的成人玩具，賴文善雖然沒接觸過這些東西，但是對於這些道具的用途還是很清楚。

不用想也知道，這個區域是用來做什麼的。

男人側眼觀察賴文善的反應，他原本以為賴文善在看到這個地方後會露出厭惡的表情，結果他卻意外地冷靜。

「唔嗯……」

黏膩的呢喃聲打斷他的思緒，賴文善低頭一看，發現橫躺在沙發上熟睡的楊光，不由自主鬆口氣。

總算見到楊光了。

他的臉色看上去很糟糕，像是作惡夢一樣皺著眉頭睡覺。

「謝謝。」賴文善向男人道謝，他真心誠意的態度反而把對方嚇一跳。

男人甩甩手，「你們兩個人好好談，老實說我認識楊光很久，第一次見到他這麼沮喪難受，所以有點在意。」

他的態度很普通，和剛才故意找他麻煩、刺探他的態度差很多。

賴文善轉頭看著男人，有些疑惑，而看出他在想什麼的男人則是聳肩。

「再怎麼樣我也不會出賣朋友，況且楊光以前救過我……我現在所做的一切也不過是報恩罷了。包括告訴他情報，還有把他藏在這裡也是。」

「藏在這裡？」

「最危險的可不是那些怪物，而是人。」男人拍拍賴文善的肩膀，「所以我可以理解他為什麼特別照顧你，又為什麼不想讓你發現這個世界的真實模樣。」

「我才不想當什麼溫室花朵，就算這個世界再該死我也能混得很好，而且，他把我想得太過純潔無瑕了，實際上的我並不是那麼好的人。」

男人沒回答，只是靜靜盯著賴文善看。

慢半拍發現自己說得有些過頭，便不好意思地摀著嘴，「……抱歉，我似乎太認真了點。」

「沒事沒事，這樣很不錯。」他看看賴文善的反應後，再盯著楊光熟睡的臉龐，勾起嘴角輕笑，「呵，你們倆感覺很適合。」

賴文善聽到他這麼說之後，臉頰「刷」地一下子變紅。

男人笑得很開心，但是沒有趁機會繼續調侃，而是將雙手收到身後，雀躍地跳著小腳步，獨自往吧檯的方向移動。

「總之，你們慢慢聊，不用擔心其他人，我不會讓他們靠近這裡的。」他俏皮地把食指貼在自己的嘴唇上，調皮地眨著眼，「對了！你不用擔心，剛才我給你喝的那杯酒純粹只是度數高而已，沒有添加什麼奇怪的東西。」

「我知道。」

「……我還是第一次遇到能把那種度數的酒一口乾完，還面不改色的人。」

「我酒量好得很，不用擔心。」

「真是，要是說話態度再可愛點就無懈可擊了。」

賴文善並沒有繼續和走遠的男人說話，而是轉過頭再次望向楊光的臉。

他嘆口氣，從旁邊繞過去，蹲下身讓視線與躺在沙發上的楊光平視。

靠近一看他才發現楊光的身上有很臭的酒味，臉頰跟眼角還留有很明顯的淚痕，感覺似乎哭過一場。

該不會跟他分開這段時間，楊光都泡在這個地方與酒精為伍？

如果是這樣的話，那他還真的不了解楊光這個人，因為他看起來不像是會酗酒買醉的個性，如果不是的話，那就代表他啟動「能力」這件事對楊光的打擊有多大。

「醒醒，楊光。」

賴文善用力推他的肩膀，試圖把人喚醒，但楊光還是睡得很沉。

他繼續努力地想要喚醒楊光，可惜花了好幾分鐘的時間後還是沒能成功。開始有點累而感到不耐煩的賴文善，臉上浮現出青筋。

「喂！該死的，你也未免太會睡了吧！」

跟他一起生活的時候，反而他才是那個賴床的人，楊光倒是很勤奮，每天都起得比他早。

賴文善想了想，將視線轉移到他的褲襠，心裡冒出邪惡的想法。

他雖然不是很懂戀愛這回事，但「身體」上的經驗倒是很足夠，即便那時在浴室裡楊光說過，直男會對同性產生性欲都是因為被這個世界影響，可是他卻不那樣認為。

賴文善用食指勾開楊光的褲頭，看著裡面那軟趴趴卻比他還大的陰莖，對熟睡的楊光說道：「你不肯醒來的話，那我就要用其他方式叫醒你囉？」

反正他早料到楊光不會回應，就乾脆直接把他的褲子往下拉到膝蓋位置，臉貼近，輕輕地用舌頭舔著他的陰莖。

舌尖滑過根部，像是舔冰棒那樣上下移動，柔軟的唇瓣用力吸吮著陰囊，手掌心握住已經稍微有點變大的陰莖，跟隨著嘴唇的動作把玩它。

因為楊光有喝酒，賴文善原本還以為可能要花點時間才能讓它硬起來，沒想到它硬挺的速度比想像中快很多，沒花幾分鐘時間就精神飽滿地在他眼前晃動。

不知道是不是因為被賴文善舔得很舒服，原本還在做惡夢的楊光不再緊皺著眉頭，臉頰也開始紅潤並稍稍喘息。

賴文善張開嘴巴，將他的陰莖從龜頭慢慢含入口中，嘴唇向內收起，並用力吸住、賣力地將它放入口腔內抽插。

「呼……嗯……」

黏膩的聲響以及不時傳來楊光舒服的呢喃，讓賴文善知道他很舒服。

他故意加快速度，甚至用手掌輕輕搓揉陰囊，毫無招架能力的楊光就這樣迷迷糊糊地挺直腰，隨著賴文善的動作而擺動臀部。

賴文善才剛開始覺得有趣，下一秒他就突然被楊光的手壓住後腦杓，強行將整根陰莖吞入喉嚨。

因為太過突然，賴文善根本沒做好心理準備，痛苦到差點窒息。

相對地，不清楚狀況的楊光則是開始快速地挺腰，用力捅入賴文善的喉嚨深處，只顧自己舒服地抽插。

賴文善很難受，但是又沒辦法掙脫，就這樣被無意識的楊光當成飛機杯，直到他狠狠地將大量精液射入喉嚨為止。

「哈啊……」

楊光舒服地抖著，終於把手放開。

賴文善急忙轉頭趴在地上，難受地乾嘔咳嗽，一句話都說不出來。

可能是因為射出來的關係，楊光終於睜開朦朧的雙眼，接著他聽見身旁傳來劇烈的咳嗽聲後，便嚇了一跳。

當他轉頭看見臉色鐵青地趴在地上，嘴邊沾滿白色液體的賴文善之後，腦袋瓜瞬間恢復理智。

「文、文善？你怎麼會在……」楊光迅速彈起身，正打算查看賴文善的情況時，赫然發現自己的褲子被脫掉，陰莖還十分有精神地挺直。

大腿邊和沙發上殘留的白色精液，加上賴文善的模樣，讓楊光立刻明白自己剛才做了什麼。

「對不起！文善，你沒事吧？」

他慌張地將褲子拉起來，輕輕撫摸賴文善的背部，想讓他好一些。

可惜，這麼做沒有半點作用，反而被賴文善用力揮開。

楊光愣在那，尷尬地將手收回，一副不知道該怎麼辦才好地緊抿雙唇。

「該死……我沒想到你這混帳居然會直接壓我的頭。」

「我、我壓你的頭？」楊光並沒有這麼做的印象，但他現在也不敢否認，只能乖乖道歉，「對不起，真的對不……」

「咳咳、咳，算了啦！」賴文善用手背擦掉嘴角的精液後說道：「反正是我先開始的，就算你在無意識的情況下把我的嘴當成飛機杯來用，我也不會怪你。」

「呃……什、什麼？」

「看到這情況你還沒理解？」

「我只知道剛才很舒服，身體不自覺地就……」

望向楊光那雙散發金色光芒的瞳孔，就算他沒說清楚，賴文善也能確定他剛才確實有爽到，否則也不會因高潮而啟動能力。

「等等，你為什麼會在這？」

大腦終於開始運轉的楊光，頭痛萬分地扶額。

無論是自己射在賴文善嘴裡這件事，或者是他為什麼會知道自己在哪，全都讓他無法理解，但他可以確定的是，這件事百分之百跟他那朋友脫不了關係。

「那傢伙……我明明警告過他，不准擅自和你連絡。」

「他是因為擔心你才找我過來。」賴文善跪在楊光面前，仰頭看著他，「難道你不明白我為什麼會聽他的話過來找你嗎？」

楊光稍稍把臉從掌心裡挪開，沒幾秒之後又重新遮住。

「你不該來的，隨便聽信陌生人的話是很危險的。」

「那些都不重要，重要的是我找到你了。」

「……你是想來罵我還是打我一拳洩憤？」

楊光知道，在發現這個世界的規則之後，賴文善肯定很討厭他。

因為他不但故意隱瞞，還擅自對賴文善做了那種事，所以他不認為賴文善會原諒自己。

正因為他想要一個與這個世界完全沒有關係的朋友，所以才仗著保護他的名義，把剛來到這個地方，什麼都不懂的賴文善綁在身邊。

他知道賴文善發現事實和自己的目的後，肯定會很討厭他，但他別無選擇，因為他真的不想要再繼續下去。

原本的他，並不是這樣的人，而現在卻成為雙手沾滿鮮血、到處發洩情欲的男人，這讓他越來越討厭自己，討厭得想要了結性命。

如果不是因為在那座樹林和賴文善巧遇，恐怕他已經不在這個世界上了，而且也不會有任何人知道他死在哪。

孤獨地死去，遠比繼續待在這令人作嘔的世界來得幸福。

賴文善聽到他說的話之後，嘆了口氣。

楊光對他的反應很敏感，只是一個嘆息聲都能把他嚇到臉色發白。

「我們談談。」賴文善認真地抓住楊光的手，「這次你不准逃跑，如果你逃跑我就去找你那群朋友幫我啟動能力。」

「什——不可以！絕對不行！」

「那你就給我安分點，先警告你，不准使用能力逃跑。」

「……好、好吧。」

楊光垂頭喪氣的模樣看起來很可憐，但賴文善一點都不打算放過他。

「在這之前，我先跟你坦承一件事。」賴文善認真地直視楊光好奇的表情，開口道：「我對性方面的知識比你想得要豐富，而且也不是完全沒經驗的處男，別擅自把我當成乾淨的白紙，我根本不像你想像得那樣純潔無瑕。」

突如其來的坦白，令楊光一時間說不出話來。

讓他感到驚訝的並不是因為賴文善跟其他男人有過經驗這件事，而是在聽見這件事之後，不由自主地感到惱火的事實。

簡直就像是吃醋一樣。

光是想到有其他人碰過賴文善，甚至是做過那些他從沒對賴文善做過的事，他就覺得心裡很不是滋味，很想現在立刻就覆蓋掉那些男人在賴文善身上留下的痕跡。

即便他知道不可能，而且他也沒那個資格，但這種想法就是停不下來。

「你知道我在那間房子裡等了你多久嗎？」

「……對你做了那種事，我怎麼可能還有臉回去見你。」

「我想也是。」賴文善聳肩，「我也覺得你不會回來，可是只要有百分之零點一的可能性，我仍會選擇留下來試試運氣。」

說完，他自嘲地苦笑：「看來我運氣不是很好，你是鐵了心不打算再跟我見面，幸好你的同伴還有點常識，在我出發找你之前先跟我連絡。」

「你、你要找我？」楊光抬起頭，一臉茫然，「為什麼？你啟動能力後應該就能夠自己獲得這個世界的情報，也知道我對你做的事……我故意隱瞞你，把你強留在身邊，難道你沒有生氣嗎？」

「沒有生氣，只是有點不理解。」賴文善歪頭盯著楊光的雙眼看，「不過看你的反應我大概能夠猜出理由。」

「唔呃……好丟臉……」

楊光摀著臉，感覺到顏面盡失，無法好好面對賴文善。

可是當他聽見賴文善說要找自己的時候，卻又無法抑止內心的喜悅感，這代表賴文善也很重視他。

他從沒想過會對同性產生這種想法，剛開始見到他的時候，明明只是為了想讓自己活得像個正常人，才把他留在身邊，可是漸漸地他卻發現和賴文善相處的時間越來越有趣，而他也越來越貪心。

即使知道總有一天賴文善必須面對這個世界的「真實」，他也還是做著能夠過上普通生活的美夢。

等到賴文善啟動能力的那刻，他就會知道這個世界真實的面貌，到時候就會知道他對他說過的那些話，不全都是實話。

他很害怕賴文善氣到不行，所以才會在他啟動能力後選擇拋下他離開。

而在這麼做之後，自己卻又後悔到不行，和賴文善分開的這段時間裡，基本都泡在這棟建築物跟其他同伴酗酒，什麼事都沒做，就像灘爛泥。

「在樹林裡遇到誤闖到這個世界沒多久的你的時候，我正好對於這個世界感到倦怠，情緒有點不穩定，所以想說如果跟沒有啟動能力的你待在一起，我就可以普通地生活。」

楊光邊說邊把臉埋入手掌心，不小心爆粗口：「媽的，我真的太想念以前的日子了，沒有那些該死的怪物，也沒有這種怪異到不行、一點也不方便的能力，我就只是……我。」

可能是還沒有完全醒酒的關係，酒醉感讓楊光的頭很痛，無法管好自己的嘴。

賴文善看著他，靜靜地回答：「你困在這個鬼地方多久了？」

「幾個月吧……應該不超過半年。」楊光輕揉太陽穴，「老實說，我沒有特地去算日子，因為我知道這個地方根本就沒有出口。」

「從地圖上來看確實是這樣沒錯。」

「對吧！不管走到哪都是廢棄的模樣，這些該死的建築物也都建在莫名其妙的地方，還有那個什麼鬼便利商店……」

「你宿醉的時候口氣也和平常差太多了吧？」

聽賴文善這麼一說，楊光愣了半秒，急忙將焦燥的心情壓下來。

「抱歉，看來我真的喝太多。」

「喝酒沒什麼不好，但我不建議喝太多。」

「話說回來，秦睿那傢伙很愛亂灌人酒，你應該沒被他要求喝下什麼吧？」

「喝了。」賴文善理直氣壯地回答：「一杯 shot 而已，沒什麼大不了。」

「你……還真熟悉。」

聽到賴文善熟練的用詞，楊光反倒一臉茫然。

「我有個開酒吧的朋友，偶爾在他沒開店的日子會去喝幾杯，聽久自然就熟悉這些東西。」

「看樣子我還真的不了解你這個人啊……」

「我也不了解你。」賴文善起身，在楊光身邊坐下，向後靠著沙發，「所以我們從現在開始慢慢了解彼此不就好了？反正之前我們也不算上是朋友什麼的。」

「可、可是……」楊光十分糾結，才剛轉好的臉色，沒幾秒又黯淡下來，「朋友之間不會做那種事吧。」

「你是說打手槍或是口交之類的？」

「拜託你別說得這麼直白。」光是聽到這幾個單詞從賴文善口中說出來，楊光的頭就又開始痛起來。

「我說過別把我當白痴，剛剛不是才跟你說過？別以為我是你所想的那種不諳世事的小白兔。」

「不，我不是這個意思，只是……唉……」

楊光不知道該怎麼解釋才好，而且他也無法完全否定賴文善說的話是錯的。

糾結的結果下，就是他的頭變得比之前還要痛上好幾倍。

賴文善沒有把他糾結的態度放在心上，而是注視著他的手臂。

突然，他把楊光的手臂抓過來，直接把袖子往上拉。

楊光嚇一跳，一臉茫然地看著突然趴到自己身上來的賴文善。

「你、你在做什麼？」

「確認你的傷口恢復了沒。」

那天楊光受傷的位置，現在只剩下癒合後的傷疤，那種程度的傷口可沒辦法在這麼短時間內癒合，這讓賴文善有些不滿地抬起頭來。

兩個人的臉距離很近，近到能讓楊光清楚聞到賴文善身上的氣味。香香的，有種清香，能讓他感覺心情放鬆的溫暖味道。

只不過是幾天時間沒聞到而已，沒想到自己竟然會這麼想念它。

「喂，靠太近了。」

「呃！」

精神還有些渙散的楊光，壓根沒發現自己竟然不知不覺把鼻子貼在賴文善的鎖骨上，直接當著本人的面嗅他的氣味，直到賴文善開口才猛然回神，迅速把脖子往後縮回去。

他臉頰紅通通，很不好意思，不知道該用什麼藉口來解釋自己的行為，沒想到賴文善不但一點興趣也沒有，反而抓起他的手臂，指著傷疤位置問：「這個傷怎麼會復原得這麼快？你做了什麼？」

「有能夠加速治癒傷口能力的人在。」

「哼嗯——」賴文善聽完他的解釋後，鬆開手，沒有再說什麼。

楊光膽怯地偷看他的反應，看得出他不是很高興，可是當時他真的沒什麼辦法，而且擁有這個能力的人也在這群同伴之中，缺點就是要他幫忙，就得先跟他做愛。

明明是在啟動能力的狀態下，還是會強行和其他人滾床單，如果可以，他也不想跟那種人有肉體關係，但他的傷口過於嚴重，不盡快治療的話很有可能會失血過多。

在這個醫療器材缺乏、沒有醫生的世界裡，受傷只能依靠擁有這種治癒能力的人，或是讓身體自然康復。

「就像你說的，這個世界對於性觀念的認知，已經扭曲到沒辦法用正常倫理去看待。」賴文善突然開口，並轉頭看著楊光，「就是這點讓你痛苦到想要遠離這一切，對吧？」

楊光看著趴在自己身上的賴文善，緊抿雙唇，緊緊抱住了他。

賴文善感覺到那雙抱住他的手臂微微顫抖著，接著他聽見楊光那低沉沙啞的聲音，痛苦萬分的對他說：「我、我明明不會對男人勃起，我一直以來喜歡的都是女孩子，也交過女朋友，可是在來到這裡後，我發現越來越不懂自己了……」

「是因為這個世界的空氣參雜興奮劑之類的東西吧，你之前說過。」

「我該怎麼辦？我真的不知道自己到底喜歡的是什麼，跟你在一起的感覺很舒服，但我不確定這是不是因為受到這個世界的影響才產生的心情……」

「心情？什麼意思？」

「……我好像有點……喜歡你。」

賴文善嚇一跳，突然覺得有些緊張。

因為這是他第一次被男人告白，而且對方還是個異性戀。

——不，或許這根本不算是「告白」。

賴文善沒有對楊光說的話做出回答，只是緊緊地抱住看上去精神脆弱的他。

「你不會再莫名其妙跑走了吧？」

「不、不會。」

「很好，那我們就還是像以前那樣一起行動。」

「……嗯。」

他感覺到楊光順從地靠在自己肩膀上點頭，說真的，有點像大型犬。

雖然他是知道了這個世界的基礎知識沒錯，但坦白說他心裡還存有許多疑點，包括這個世界究竟是什麼鬼東西，還有那些怪物跟設計便利商店，把他們豢養在這個地方的人背後真正的目的，以及最重要——逃出去的辦法。

不過從他觀察這些人的狀況來看，包括楊光在內的人，似乎對於「逃離這個地方」沒什麼特別的想法，既不迫切，也沒有特地想去尋找的意思，反倒是給人一種已經決定在這裡老實生活的感覺。

雖然直覺不太妙，但這部分的事情他還是想弄清楚。

如果說死亡才是離開這個鬼地方的唯一辦法，那到時候他就得頭疼了。

「楊光，我能跟你的同伴們聊聊嗎？」

他輕拍楊光的背詢問，但楊光卻似乎很反對，立刻就抓住肩膀把他推開來，用那認真到像是在發脾氣的複雜表情，直勾勾地盯著他。

「不行！你別跟那些人說話，他們很危險。」

「包括那個連絡我來這裡找你的人也不行？」

「不行。」

「……楊光，你總不可能要我完全不跟這裡的人接觸吧？」

「我知道你在想什麼，所以才不想讓你失望。」楊光垂下眼眸，額頭冒冷汗，「你想知道怎麼逃出去對不對？」

「這不是理所當然嗎。」

「勸你還是早點放棄這個念頭，我沒有在跟你開玩笑。」

「想讓我放棄就告訴我理由。」

「……這裡沒有出口。」

「沒有出口？什麼意思。」

「意思是這個地方只進不出。」

突然介入兩人之間的聲音，打斷了他們的交談。

楊光猛然抬起頭，不是很高興地瞪著對方，而賴文善則是皺緊眉頭。

男人自知理虧，便舉手表示無辜，「有人來找你，楊光。我是來通知而已，不是故意插嘴的。」

「找我？」

楊光一臉狐疑，直到他看見吧檯那邊有個長相可愛的矮個子向他招手，嚇得直接從沙發上跳起來，花不到三秒時間迅速跑到對方面前。

「楊光，我來出外診啦！嘿嘿嘿……哇！」

這個人先是用俏皮可愛的態度向楊光搭話，接著就立刻被他用手臂圈住脖子，迅速飛奔帶到樓下去。

被留下來的賴文善傻坐在沙發上，而一旁的男人卻是已經笑到不行。

在楊光轉過頭來的時候，看見他那雙發光的金色瞳孔，就算不用問也能知道他們兩個人剛才在這裡做了什麼「好事」。

而現在楊光那傻瓜，又用這麼明顯的態度去把那傢伙綁走——很顯然，他跟賴文善之間的關係，絕對不僅僅只是「同伴」。

「我還是第一次看到楊光這麼緊張，真的太有趣了！」

「那傢伙是怎樣？」賴文善很不滿地問男人，總覺得楊光的舉動很奇怪。

笑到眼淚流出來的男人抱著肚子，轉身回答：「那是替楊光治療傷勢的人，他手臂有傷……哦！看你的表情應該是知道我在說什麼了。」

他當然知道。

賴文善沉下臉，心情糟糕到不行。

看來那個看起來人畜無害的矮個子，就是逼楊光跟他做愛來代替治療費的人。

「他來做什麼？」

「我也不知道。」男人很不負責任地聳肩提議，「要不我們偷偷去看看情況？」

「還是算了吧，偷聽別人聊天可不是什麼好興趣……喂！等等，我沒說我要去！」

賴文善沒那個意思，但是卻被男人拽住手臂偷偷跟過去。

男人看起來跟他一樣纖弱，力氣倒是很大。

無法掙脫的賴文善就只能這樣任由男人拉著自己跑，而幾個原本窩在吧檯附近的同伴也在看到兩人跟過去之後，像是要湊熱鬧一樣，跟在他們身後。

明明是要去偷聽楊光和那個男人的對話，但這陣仗卻大到令賴文善無言。以這人數來看，與其說是去偷聽，不如說是揪團圍觀還差不多。

Chapter 04 委託

「要死！你是想殺了我嗎？」

被強行勒脖帶走的矮個男，在楊光停下來之後，立刻從他的手臂裡掙脫出來。

他氣急敗壞地朝楊光抱怨，跟剛才爽朗笑著和他打招呼的樣子天差地遠，不過他會性格大變也不是沒道理，因為楊光慌張的態度看起來就像是腳踏兩條船被抓包一樣。

楊光沒有道歉，反而黑著臉瞪著他。

「誰叫你沒事跑來找我，我不是說過了嗎？就只會讓你治療那一次。」

「你那種傷最好是治療一次就能好，當時傷口可是深到可以看見骨頭欸！」

「那不重要。」

「好好好，確實不重要。」他扭扭脖子，碎嘴道：「看你還能用它差點把我掐死的情況來看，你已經完全好了。」

「別用這種瘸腳的藉口浪費時間，恩維，你來找我應該不是為了這件事吧。」

楊光的語氣很肯定，因為他知道這個人絕對不會有事沒事跑來找他。

謝恩維是他們這群同伴裡的治療師，有著強大恢復能力的他，是個喜歡做愛、沒節操的同性戀，當時要不是因為沒辦法，楊光也不會找他幫忙治療。

「能力」會依照啟動方式而產生不同的效果，而謝恩維這種類型的治療師就是最佳的例子，一般來說，擦傷或扭到腳之類的小傷，在「能力」啟動的狀況下就可以進行治療，但如果是瀕臨死亡或是需要開刀進行治療等嚴重傷勢，就必須以其他方法啟動的「能力」來進行治療。

而那個方式，就是跟謝恩維做愛，而且還是做完整套的那種。

因為不需要病患本人直接和謝恩維做愛才能啟動較完整的「能力」，可以讓其他人代勞，不過謝恩維的個性很難搞，通常他都會直接跟病患本人進行這方面的交易。

跟他做愛，他就會無條件進行治療。

由於謝恩維的「能力」是真的很強，所以大部分的人還是會同意他的交換條件，也因為這樣謝恩維的態度總是很目中無人。

不過，在他們這群同伴之中，謝恩維唯獨會乖乖聽老大——也就是秦睿的話，因為他知道有很多人覬覦著他的治療能力，如果是在其他群體裡，恐怕他根本沒有機會過上這麼傲慢自由的生活。

即便是這種性格，謝恩維還是保有基本道德，絕對不會用輕率的態度去進行治療，一次就能將傷勢復原。

雖然謝恩維的治癒「能力」僅限於外傷，如果是感冒、腸病毒這些病症他就沒轍，但在這個充滿怪物和隨時都有可能被其他人襲擊的情況下，即便無法醫治疾病也十分足夠。

正因為知道謝恩維是個什麼樣的人，楊光才會立刻知道他是有事情才會來見他，而不是因為關心他的傷口復原狀況。

「你知道你真的很不有趣對吧？」謝恩維雙手環胸，嘟起嘴抱怨，「明明長得很合我的口味，但個性卻過分認真，我還以為你是那種很愛玩的男人。」

「如果你找我出來只是想說這些，那我就走了。」

楊光不耐煩地皺眉，說完後馬上轉身準備離開，這才讓謝恩維嚇得急忙拉住他。

「哇哇哇！不要不要，我會認真、認真地跟你解釋！拜託你聽我說。」

謝恩維很少這麼慌張，老實說楊光有點好奇他為什麼突然跑來找他，而且還好死不死是在跟賴文善見面的這天。

他一方面很擔心把賴文善一個人丟在樓上，不知道會不會被其他人騷擾，一方面也很擔心他會誤會自己跟這個男人的關係。

一分一秒都不想被賴文善誤會的楊光，只想速戰速決。

甩開謝恩維的手之後，他重新轉過身來，冷聲命令：「快說，別浪費時間。」

「真是，一點都不有趣……」

見他還在抱怨，楊光立刻用銳利的眼神掃過他的臉。

謝恩維嚇一大跳，冷汗直冒，緊張地改口說道：「我、我想來委託你幫我帶某個東西回來。」

「同伴之間的委託還是要透過秦睿，不能私下交易，這你不是很清楚嗎？」

「可是我覺得秦睿會拒絕我嘛！」謝恩維嘟起嘴，「這可是我好不容易才得到的情報，我不想錯過這次機會。」

「意思是這個情報連秦睿都不知道？」這倒是讓楊光有些好奇了，謝恩維想要的東西究竟是什麼，竟然連消息最靈通的情報頭子都不知道。

難道會是什麼稀有的用具或是藥物？如果是這樣的話，確實很有可能會失敗。越少見的東西，越難取得，不單單只是因為便利商店不會隨時補充這些東西，那附近出現「A」的機率也非常之高。

「你也知道我的能力並不是什麼攻擊屬性，論戰鬥實力也不是最強，既然如此為什麼要來委託我？」

「誰說你不是最強？」謝恩維聽到這話，很不滿意地反嗆回去，「獨自一個人跑到高級食材的便利商店裡，不但只受那點傷回來，還幾乎把那間便利商店的高級食材全部掏空，能做到這種事的人除你之外沒別人了。」

「哈，那是因為……」

楊光搗著嘴，不再繼續說下去，因為他覺得沒必要。

要不是為了想讓賴文善高興，他也不會硬著頭皮去蒐集高級食材，再說，他可是受重傷逃出來的，和謝恩維想像的完全不同。

他很想糾正謝恩維的誤解，可後來還是決定放棄，因為謝恩維的表情太認真，認真到完全聽不進他說的話。

「拜託啦！聽說那東西真的很讚，我超想要的！」

「你別那麼著急，到底是什麼東西？」

「壯陽藥！」

這三個字一說出口的瞬間，周圍陷入一片寧靜，而且因為六樓很空曠的關係，謝恩維的聲音還不斷迴盪在耳邊。

楊光愣了幾秒鐘之後，發怒地大吼：「搞什麼！你在跟我開玩笑嗎？」

「我才沒跟你開玩笑！聽說吃下那東西之後再啟動能力的話，可以讓能力維持在最高狀態下好幾天！」

「……你說什麼？」

沒想過那東西的作用會是如此，在聽完解釋後的楊光，再次愣住。

謝恩維雙手插腰，不滿地嘟嘴抱怨：「難道你以為我滿腦子只想找男人上床？雖然確實是這樣沒錯，但我想找那種藥並非只有這個原因而已。」

他邊說邊紅著臉，嘴邊開始流口水，不小心透漏心聲：「不過它除了有那種好用的效用之外，聽說被吃下那東西的人插入後會舒服到不行……嘿嘿嘿……」

楊光用一副無藥可救的表情盯著謝恩維。

嗯，這傢伙果然還是老樣子，這下他放心多了。

「幹、幹嘛那樣看我？」謝恩維一邊擦口水一邊憤恨不平地說：「我可不是為了享樂才想要得到它的哦！」

「所以你想要我幫你拿到這個藥，那你要用什麼東西跟我交易？」

「免費跟我做愛一百次的資格怎麼樣？」

楊光開始扭拳頭，嚇得謝恩維趕緊改口：「那、那不然就免費治療！這樣可以吧？」

「治療次數？」

「看、看你拿回來的數量。」

「可以。」

楊光果斷接受，因為他覺得這是很划算的條件，而且這是沒有經過秦睿的私下交易，等他把東西弄到手之後，還可以想辦法再跟謝恩維多敲詐一些。

「那你再把東西出現的位置和時間傳給我，我到時候再找時間……」原本還在跟謝恩維說話的楊光，眼角餘光發現站在旁邊的人影，猛然抬起頭。

是賴文善和秦睿。

當然，他一點都不擔心同伴之間私下交易的事情被秦睿發現，所有的目光和緊繃的神經，全都落在面色凝重的賴文善身上。

「文、文善……」

「什麼？誰？」

背對兩人的謝恩維當然發現異狀，才剛把頭轉過去，就被秦睿伸過來的手掌心抓住臉，用力往後拖走。

「呃！什、什麼啦？快放開我！」

「來——我們到那邊好好聊一下關於同伴之間私下委託的事情，還有你剛剛說的那超、珍、貴情報。」

「睿哥！你你你你、你什麼時候……」

「閉嘴跟我過來，要不然我就把你脫光掛在七樓外牆。」

謝恩維乖乖閉上嘴，害怕到不敢呼吸。

秦睿雖然平常看起來和藹可親，人很好的樣子，但生起氣來可是比那些怪物還要可怕好幾百倍。

楊光匆匆跑向賴文善，不知所措地張開雙手，想要解釋，最後卻還是說不出半句話來。

賴文善看起來不像是在生氣，但是盯著他的視線卻很扎人。

不知道該從何說起的楊光，張開嘴，過很久才總算發出聲音。

「那、那個，文善，我……那個……」

「這裡很空曠，所以說話聲音能夠聽得特別清楚。」賴文善先用平淡無奇的態度開口，接著抬起頭，面不改色地說：「我要跟你一起去。話先說在前面，就算你拒絕我或是不讓我跟，我也還是會去，別想攔我。」

「可是文善，那裡很危險。」

「遲早我都還是要體驗到，趁早習慣對我來說比較好。」賴文善皺眉，「我說過別對我過度保護，而且我覺得我的能力應該能對你有幫助。」

「你、你的能力……可是……」

「再說，你要去的話就表示又得找人幫你啟動能力不是嗎？」賴文善歪頭，眼神冰冷到極點，口氣也很不耐煩，「你還想找誰幫你？嗯？」

這句疑問，令楊光啞口無言。

他滿頭大汗，很不好意思地挪開視線。

「我可以自、自己來。」

「你當我傻？我知道自慰和在別人的幫助下高潮後發動的能力有什麼樣的差別，難道你以為在你消失的這幾天以來，我自己不會去調查？」

「哈哈哈……文善你真的是個行動派欸……」

「還不是因為你這傢伙的關係。」賴文善狠狠掐住楊光的臉頰，青筋浮出，越想越不爽，「而且你以為如果你不讓我和你一起行動的話，我會去找誰來幫我啟動能力，然後偷偷跟在你屁股後面？」

楊光猛然回神，連想也不想去考慮那種情況的他，立刻妥協。

「絕對不行！我、我知道了，文善，我們一起去。」

「這還差不多。」

雖說是用半推半就的方式逼迫楊光同意，幸好最後結果還算可以。

眼看自己根本說不過賴文善，楊光感到頭痛不已。

「哈啊啊……文善你本來就是這種個性的人？」

「並不是，就算是我也很討厭麻煩的。」賴文善雙手環胸，嘆了口氣，「但我知道你做的一切都是為了我，沒有其他的意思。對我來說這樣就好。」

楊光眨眨眼，不由自主地被有著堅定意志的賴文善深深吸引目光，但是當賴文善注意到他的視線，轉過頭來的時候，他卻又緊張地趕緊撇開頭。

看他緊張的側臉，賴文善並沒有說什麼，而是拍拍他的背。

「那邊看來已經討論結束了。」

秦睿拎著頭上頂著好幾顆腫包的謝恩維走回來，他示意兩人過去，賴文善和楊光互看一眼後便乖乖往前走。

「楊光，你知道同伴之間不能私下委託的吧。」

「先違規的是這傢伙。」

楊光想也沒想，立刻就決定把鍋丟回給謝恩維。

秦睿聳肩，「我想也是，不過我覺得這次是個不錯的機會，你們也已經決定要組隊一起去執行這小子的委託了不是嗎？那我就睜一隻眼、閉一隻眼。」

「這麼善良真不像你。」

楊光皺眉，對秦睿的善意保持高度懷疑。

這男人心腸可沒這麼好。

「別在那邊抱怨，要不是因為看在賴文善的面子上，我也不會開特例。」

「呃、我……我嗎？」賴文善眨眨眼，指著自己，實在不懂為什麼秦睿要對他這麼好，這樣反而讓他很有壓力。

秦睿勾起嘴角笑道：「是啊！因為你的關係，楊光現在的表情比之前那種半死不活的模樣要好多了，而且你也讓他重新燃起活下去的希望。」

「沒那麼嚴重吧。」

「相信我，就是有這麼嚴重。」秦睿拍拍賴文善的肩膀，「總之，楊光就拜託你了，請你好好看著他，別讓他離開你的視線範圍。」

雖然賴文善總覺得秦睿說的話，似乎有別的含意，但這個時候的他並沒有多想，只是點頭附和，「我會盡力而為。」

接著他轉頭，笑嘻嘻地對楊光說：「更何況，一開始跟這傢伙見面的時候，他就已經說過絕對不會離開我身邊，我相信他不會違反自己的諾言兩次。」

「咕嗯。」楊光心虛地冷汗直冒，瘋狂點頭，向賴文善再次允諾不會食言。

賴文善不過是逗著楊光玩，沒想到他會這麼認真，不過看他這麼緊張的反應，還真有點可愛。當然，這句話他打死也不可能說出口。

說實在話，他確實認為得有個人好好監視楊光才行。

他不確定在相遇之前，楊光過著的是什麼樣的糟糕生活，但他很有實力，還有秦睿這樣的朋友從旁協助，所以即便楊光在精神上產生很大的傷口，導致他的意志很容易因為一些事而動搖，但是卻沒有完全崩潰。

或許，身為異性戀卻對同性產生性欲這件事，只不過是讓他精神變得這麼脆弱的原因之一，可能還有他沒說出口的經歷。

「明明叫楊光，但現在的你看起來就像是被烏雲遮住一樣，失去原有光芒。」

他喃喃自語，沒有讓任何人聽見。

在他啟動「能力」並知曉了這個世界的真實後，楊光就再也沒有像以前那樣對他笑過，反倒變得很緊張，甚至唯唯諾諾。

因為親眼看過，所以他知道楊光並不是完全失去那分溫暖的笑容，如果他待在楊光身邊，能夠讓他重拾那分笑容的話，那麼不管要他做什麼都可以。

「文善？」

楊光歪頭看著陷入沉思的賴文善。

賴文善抬起眼眸，看著他擔憂自己的表情，勾起嘴角。

「沒事，我只是在想其他事情。」說完，他主動向秦睿提出要求：「我需要在最短時間內知道關於『能力』的其他情報，還有那些怪物，以及這個世界裡的權力分布關係。」

秦睿吹了聲口哨，因為他沒想到賴文善居然會這麼直接了當地提出要求，而且內容十分明確，就好像在提問前，心裡已經大概有底似的。

明明才剛啟動能力，對這個世界還不太熟悉才對，但看賴文善的模樣，倒是像個老手，一點也不慌張，甚至還能在這麼快的時間裡做出正確的判斷。

雖說他本來就打算把這些事情一五一十告訴賴文善，可沒想到會是由他先主動開口要求，看樣子這個新加入的同伴，不是什麼善良的小貓咪，而是隻危險的花豹。

「跟我來吧。」秦睿轉身走上樓梯，「我會把你想知道的情報告訴你，畢竟你可是楊光選擇的搭檔。」

「搭……等等！秦睿，我跟文善不是——」

聽到「搭檔」兩個字的楊光，著急到手忙腳亂，看在眼裡的賴文善很確定這兩個字代表的意思，絕對不像字面上那樣單純。

他摸摸下巴，半猜測半確信地問：「搭檔是指類似伴侶的意思嗎？」

「你的反應果然很快。」

三人走回七樓，秦睿隨手把謝恩維扔給旁邊的其他同伴之後，帶著兩人來到吧檯。沙發區的同伴在楊光經過旁邊時，全都露出驚訝的表情，因為他們清楚看到楊光的眼睛在發光，也就是說——這傢伙剛才啟動了能力。

他們不由自主地將視線全部集中在賴文善身上，賴文善也只能裝作視而不見。像這樣很快就能知道他們做了什麼事情，真的讓人有些苦惱，還有點不好意思。

賴文善和楊光坐下後，秦睿撬開兩瓶冰啤酒，推到他們面前。

楊光臉色鐵青地拒絕，賴文善倒是很爽快地大口開喝。他需要一點酒精來轉移注意力，因為他感覺自己的背快被其他人看穿。

秦睿似乎也有注意到其他同伴的好奇視線，但他沒有要幫忙賴文善的意思，從抽屜裡拿出一個小筆記本，並遞給他。

「這是我們同伴入會時都會提供的說明手冊，不過我給你的這本是『特別』的。」

聽出他的意思，賴文善把啤酒罐放下後，爽快收下它。

「你早就料到我會乖乖過來，還提前做好專門給我的情報？」

「這幾天楊光在我這喝酒發酒瘋說的東西可不少。」

賴文善忍不住瞥眼看向楊光，楊光汗水越冒越多，嘴唇也抿得很緊，完全不敢看他的眼睛。

看樣子他還真的對秦睿說了不少他們之間的事。

「……謝謝。」

「不用客氣，你以後跟楊光一樣叫我的名字就好，不用太拘束。」

「哦，不用喊什麼老大或大哥之類的？」

「我不喜歡那樣，拜託你千萬別那樣叫我，我會起雞皮疙瘩的。」秦睿將身體倚靠在吧檯邊，繼續說道：「被困在這個世界裡的所有人都被稱為『能力者』，每個人擁有的能力基本上不會重複——除了『治癒者』之外。」

「是指像謝恩維那樣的人？」

「對，能力為『治癒者』的人非常稀有，雖然每個人治癒的東西不太一樣……拿謝恩維來說，他無法治療疾病，只能讓傷口加速復原。」秦睿聳肩道：「另外也有專門治療病毒感染或是能夠解除藥物影響等等之類的『治癒者』存在，總之這些人在這個世界裡十分稀有，尤其是像謝恩維這種能夠直接治療傷口的人。」

「『治癒者』總人數目前大概有多少？」

「不到十人。」

「跟謝恩維同樣能力的？」

「加上他，三個。」

「……呵，看來他真的很稀有。」

「所以謝恩維才會跑來我們這裡尋求庇護，如果是其他團體，他恐怕會被搾成人乾。那傢伙雖然喜歡做愛，但不喜歡被當成發洩性欲或是啟動能力的工具人。」

賴文善可以理解，這個世界啟動能力的方式格外特殊，確實有可能會發生這種事。他忍不住猜測，秦睿故意跟他談起這件事，或許跟楊光的過去有關。

他抬眸看著秦睿，「聽你的意思似乎是在暗指你們這邊實力很強？」

「實力的話——普普通通而已，但我們是這個世界裡最強的情報團隊，那些傢伙有什麼樣的弱點我都清楚，所以基本上沒什麼人敢跟我們為敵。」

秦睿說這句話的時候，笑得特別開心。

賴文善忍不住捏把冷汗，他還以為秦睿只是個長得漂亮的小混混，沒想到內心會這麼可怕。

「人不可貌相」這五個字可以完美套用在秦睿的身上。

秦睿非常擅長與人交際，像他這種很少與其他人交流的人也能清楚感受到他的手法有多厲害，恐怕當他發訊息給賴文善的那一瞬間開始，他就已經開始照著秦睿的劇本去行動。

他遞過來的本子，足以證明這個事實。

「我們團隊人算少，沒滿二十個，不過有其他人數較多的能力者團隊，其中最大團體就是有五十多人的『蟲』。你記住，遇到那群人絕對要小心。」

「蟲？真是奇怪的稱呼。」

「怪雖怪，但那群人的老大『蟲王』可不是個好惹的傢伙。」

「文善，你要聽秦睿的，他們真的很難搞。」終於開口的楊光，緊緊抓住賴文善的手，像是要把他的手整個掐入掌心一樣。

賴文善看他們對這個稱作「蟲」的團體如此警戒，也就不打算再繼續細問。

「知道了，你們兩個別這麼緊張。」

「……賴文善，你擁有的不是什麼奇怪的能力吧？」

「不奇怪，但也不是什麼華麗的東西就是。」

「呵，你還真愛賣關子。」

「反正一起行動的話，你很快就會知道我的能力是什麼。」

「我真喜歡你這種幽默的地方，讓人很想要把你壓倒，直接強上呢。」

秦睿爆炸性的發言讓楊光張大嘴，啞口無言，但賴文善卻只是慢慢抬起眼眸，面無表情地盯著那舔著嘴唇，對他露出挑釁表情的秦睿。

他本來就覺得秦睿的性向應該跟他一樣，聽到他這麼說之後，更加確定了。

「不好意思，你不是我的菜。」

「真可惜。」

「……話說回來，這裡的能力既然要讓身體高潮才能啟動的話，對女性來說不是很吃虧嗎？」

他本來就覺得有點奇怪了，因為這裡全是男人，推測女人的比例少到有點可憐，而且從楊光對於同性如此排斥卻還是必須靠男人來啟動能力的情況來看，男女數量絕對有很大的落差。

七比三……不，也有可能是八比二。

秦睿看著賴文善認真思考的模樣後，笑著回答：「這你不用擔心，這個世界裡只有男人。」

賴文善頓了一下身體，皺緊眉頭。

雖然他不是說沒有考慮過這個可能性，但難免覺得這樣很扯，所以沒有多想，沒想到這個世界裡還真的沒有女性。

「怪不得這地方對異性戀來說是地獄。」

「但像我們這樣的人倒是覺得無所謂?就像可以隨時約砲一樣。」

「是啊，只不過約砲目的不是讓自己爽，而是要拿來對付那些怪物或其他危險。」

楊光的手還緊緊握著他，這讓賴文善有些意外。

他明明不喜歡男人，可是聽到他跟秦睿說的話，卻沒有退縮或是露出厭惡的表情，反倒用十分認真的表情盯著他看。

「你想說什麼？」

「文善，成為搭檔的話就不可以跟搭檔之外的人做。」

楊光說的話太跳躍，讓賴文善思考好幾秒鐘之後才意識到他在說什麼。

「你剛剛不是還否認嗎？」

「剛、剛剛是剛剛，現在是現在。」

「楊光，你不用這麼緊張，我想這裡應該也沒人敢搶在你之前和賴文善成為搭檔。」

沙發區其他同伴聽見秦睿說的話，頗有同感地點頭。

雖然距離不遠，但他們卻很安靜，不如之前那樣吵吵鬧鬧。

因為楊光對待賴文善的反應實在太過有趣，所以他們幾個都很想看好戲。

「搭檔制度還真奇妙。」

「這是因為有些能力者在跟特定對象一起啟動能力之後，能力會變得特別強，所以才會有這種制度，雖然說不會強奪對方的搭檔，但很有可能會在爭奪或戰鬥中將對方的搭檔殺死，如此一來對方就能失去加強能力的關鍵鑰匙，想殺死對方也就變得更容易了。」

「你說跟特定對象一起的話，能夠讓能力增強？」

「對，就像基礎資料寫的，自慰、口交這類只能『啟動能力』，而且維持的時間並不長，如果想要讓能力維持更長時間的話，大部分都會透過性交的方式。」秦睿靠近賴文善的耳邊，輕聲說道：「至於增強能力的方式，聽說是可以透過玩法和高潮次數，以及雙方彼此的心境等來增強。」

賴文善覺得奇怪，「你幹嘛用悄悄話的方式講給我聽？」

「因為那傢伙沒接觸過這些，對他來說等級太高，我怕他接受不了。」

秦睿邊說邊指著楊光。

楊光火冒三丈，不爽的心情全寫在臉上。

「喂！別講得一副我好像技術很糟糕一樣。」

「每次都只靠打手槍跟口交來啟動能力的傢伙給我閉嘴。」秦睿摀嘴偷笑，「雖然我知道你有幾次是做到插入的程度，但聽說做得很糟糕啊。」

「秦睿！」楊光從椅子上跳起來，滿臉通紅，不知所措。

賴文善見狀，伸手攔住楊光並起身對秦睿說：「別鬧，楊光本來就跟我們不同。」

秦睿將手肘貼在桌面上，笑盈盈地問：「那你要不要試試看？」

「……什麼？」

「試試看你跟楊光做了之後，能力會有什麼樣的效果。」

賴文善皺緊眉頭，而楊光則是臉紅到快炸掉。

他聽得出來秦睿只是純粹調侃他們而已，其它人估計也只是想看好戲。

「我們該走了。」賴文善拉住楊光的手腕，匆匆往樓梯口走過去，「謝謝你的幫忙，再連絡。」

「路——上小心。」

秦睿揮手目送兩人離開，笑容也在看不見他們的身影後瞬間收起。

他從吧檯裡走出來，回到沙發區其他同伴身邊，斜眼瞪著被摀住嘴巴，完全無法說話的謝恩維。

「現在，我們來聊聊關於那個藥物的情報，你是從哪知道的？謝恩維。」

這瞬間，謝恩維覺得自己死定了。

他原本以為秦睿不會因為這種小事大動肝火，現在看來，他完完全全判斷錯誤。

秦睿真的超他媽火大啊啊啊啊！

快來人救駕啊啊啊！

／

當楊光帶賴文善來到位於山壁邊的溫泉會館時，他的瞳孔已經恢復正常，果然就像秦睿給他的本子裡寫的，口交後啟動能力的時間非常短暫。

賴文善抬起頭觀察周圍，真心覺得這裡的地理構造十分奇妙，再次讓賴文善大開眼界，因為這個山壁後面什麼也沒有，純粹只是泥土與岩石堆砌而成的屏障，就像是人為堆砌的，而非自然形成。

溫泉會館看起來年代久遠，但裡面倒是很乾淨，有點出乎人意料之外。

入口大廳櫃台空蕩蕩的，整棟會館都很安靜，像是除他們之外沒有其他人在。

雖然安靜到讓人有些不安，可是跟在楊光身後的賴文善並不怎麼害怕，從楊光熟門熟路地穿過走廊、樓梯，來到位於屋後擁有獨立池塘的高級套房之後，他很確定楊光住在這裡。

溫泉會館看似普通，但其實裡面的路還滿複雜的，而且不管走到哪看起來都差不多，也沒有多餘的物品可以拿來確認位置跟方向。也就是說——建築物內部就像個迷宮，如果不熟的話絕對不可能輕輕鬆鬆走到後院。

「進來吧。」楊光打開門之後對賴文善說：「不用擔心，這裡很安全。」

「你住在這裡多久了？」

「一個多月左右，從我加入秦睿他們之後，他就讓我住在這裡。」

「所以你之前每隔幾天就轉移位置，不在同個地方逗留太久的話是騙我的？」

「不算是。」楊光拉著賴文善的手走到客廳後，將他的肩膀往下壓，讓他坐在沙發上休息，自己則是蹲下來，從旁邊的冰箱裡翻出兩罐可樂。

拉開扣環後，將其中一瓶遞給賴文善，並繼續說道：「我在加入秦睿他們之前確實是那樣過生活，只是秦睿這邊情況比較特殊一點。」

賴文善接過可樂，喝了一口。

「那個男人確實有兩把刷子，他不像其他人選擇用力量來鞏固自己的地位，而是利用情報反過來控制其他人，這可不是一般人在來到這種危險的世界後，會選擇去做的事。」

「嗯，秦睿他確實很厲害，雖然我之前只是碰巧救過他一次，但他在那之後幫助我的次數遠遠超過我救他的次數。」

「那你跟秦睿做過嗎？」

楊光搖搖頭，「我跟秦睿不是那種關係，再說，也沒人敢對他出手。」

賴文善總覺得楊光這句話裡藏有其他意思，看樣子秦睿的祕密恐怕比他想得還要多，最好還是別繼續深究比較好。

「那你來到這裡後，跟男人做過的次數？」賴文善將喝完的可樂放回桌上，抬起頭來看著露出尷尬表情的楊光，「當然，我指的是做完整套的次數。」

「我沒有算……大概很多次吧。」楊光將手摀住臉，「文善，我在加入秦睿這邊之前過著非常糟糕又骯髒的生活，所以我很痛恨這個地方……還有這該死的啟動能力條件，但是我還是只能妥協……」

「我知道你很排斥，雖然你說喜歡我，可是在聽過你的情況之後，我不太確定你是不是真的能跟我做。」

楊光看著賴文善，愣了幾秒鐘之後，蹲下來將手放在賴文善的膝蓋上面，仰頭與他對視。

「我可以。」

「哈哈……你還真有把握。」

「文善，我一直以來都是為了啟動能力所以才去做這些事，而且在進行這些行為的時候，我也從來沒有主動過……在浴室碰你的那天，是我第一次主動伸手去磨蹭男人的陰莖。」

賴文善眨眨眼，忍不住伸手輕撫他的臉頰。

楊光閉上眼，微微側頭磨蹭他的掌心，就像是隻乖順的大貓。

即便知道楊光這些話是在觀念受到這個世界扭曲後才說得出口，但賴文善還是對此感到開心，甚至還有點小小的優越感。

「你真的很擅長逗我開心。」

「我只不過是實話實說。」

「那要做做看嗎？」

「……咦？」

楊光的表情有些遲疑，甚至有點被嚇到的樣子。

賴文善想著他應該沒那麼快能接受，而且他也不想勉強楊光做他不喜歡做的事，但他都已經說到那個分上，聽起來就像是只有他是特別的一樣。

果然，還是慢慢來比較好。

「沒事，當我沒說……唔！」

話還沒說完，賴文善就突然被楊光抓住肩膀，壓倒在沙發上。

他瞪大眼與楊光四目相交，除驚訝之外還有些緊張，因為楊光的表情看起來有點衝動，就像是要把他整個人吃下肚似的。

「我、我要做！」楊光先是大聲回答，在發現自己聲音太大之後，他又一臉尷尬地清清喉嚨，重新說一次：「我想跟你做……不是為了啟動能力或是什麼交易，就、就是單純的……做愛。」

坦白說，賴文善差點笑出來。

都怪楊光的表情太僵硬，完全就像是個沒經驗的處男，反而讓他有種在拐人做壞事的感覺。

「你為什麼笑得這麼奇怪？」

楊光當然知道賴文善在嘲笑自己，他很不滿，就像是被人小看。

他知道自己的求愛方式很笨拙，但那是因為他沒怎麼做過這種事，更何況還是對男人說這種話，當然是需要一點時間調整心情的吧。

「嗯——我現在有點好奇了。」

「好奇什麼？」

「必須高潮才能啟動能力，而這裡又是只有男人才能進入的空間，你不覺得這樣很像是在強制把人逼瘋嗎？」

「我就是被搞瘋的那個。」楊光皺眉，不是很高興地問：「但你為什麼要在這種時候想這件事？就不能把注意力放在我身上嗎？我都說了想跟你做愛……」

「抱歉。」看見楊光憋屈地嘟起嘴，賴文善便拍拍他的背安慰，「說得也是，這些事情等之後再慢慢思考就好，現在先專心？」

他稍稍撐起身體，靠近楊光的臉。

楊光嚇了一跳，但是沒有避開的意思，倒不如說他還有點期待，心臟噗通跳個不停。

當賴文善的嘴唇貼上來的時候，有種觸電的酥麻感，即便不是第一次接吻，卻還是讓楊光瞬間就被他的雙唇擄去了心神。

好軟、好舒服。

楊光一邊想著這些事，一邊勾住賴文善的後頸，將他緊緊抱在懷裡。

嘴唇相貼並吸吮著，賴文善才剛張開嘴，楊光便將舌頭直接伸進來，貪婪地和他的舌尖攪弄在一起。

兩人都沉浸在親吻之中，彷彿感覺不到時間的流逝，只想更多地去用嘴感受對方的體溫和欲望。

口水沿著溼答答的嘴角滴在沙發上面，但他們卻沒有停止，反而吻得更深。

「唔……楊光，夠……夠了……」

「不行……不可以……」

楊光的吻開始變得粗魯急躁起來，賴文善覺得自己快要不能呼吸，便打算推開他，先稍微暫停休息一下，沒想到才剛分開幾秒，就被楊光強行壓住後腦杓，重新吻上去。

熱度攀升，喘息聲也變得更強烈，賴文善甚至不由自主地發出呻吟聲。

「嗯、嗯嗯……楊……楊光你……」

因為被楊光強行索吻的關係，賴文善連話都說不清楚。

最後他只能皺緊眉頭，在快要缺氧之前用力朝楊光的腹部踹下去。

「你給我暫停一下！」

伴隨著火氣，賴文善咬牙切齒地怒吼，可是他的腳在碰到楊光的身體前就已經先被抓住腳踝，反而害自己動彈不得。

賴文善很驚訝，因為他沒想到楊光的反應竟然這麼快。

被高高抬起腳的姿勢讓人感到羞恥，賴文善只能紅著臉，看向這個在跟他接吻後，連眼神都像是變了個人似的男人，咬牙切齒地說：「放開我。」

「我技巧不好？」

「跟技巧無關，是你根本打算吻到我窒息！」

「沒有不舒服就好。」

楊光慢慢將賴文善的腳放下來，突然起身並拉著賴文善的手，讓他毫無預警地跌入自己的懷裡。

「你、你又想幹嘛？」

「在這裡做你會不舒服，換個地方。」

說完，楊光一鼓作氣把他扛在肩膀上，就這樣大搖大擺地把賴文善當成沙包，扛進裡面的房間。

賴文善羞恥到說不出話來，他完全沒想到，楊光在這種時候居然會如此主動且霸道，和平常的他差太多了吧。

「唔呃……你真是……」

「放心，這裡的床很舒服。」

「才不是這種問題，你這笨蛋。」

楊光眨眨眼，看起來就像是完全沒聽懂賴文善的意思，但他不在乎。

進入臥室後他直接把賴文善扔到床上去。

賴文善倒進軟綿綿的床鋪，剛抬起頭就看見楊光已經爬過來，沒有要給他起身的時間，重新將他壓在身下。

「我們繼續？」

「真是……沒想到你的態度會這麼強勢。」

賴文善覺得是不是自己做錯選擇，因為楊光這完全就是要做到讓他下不了床的氣勢。

他非但不討厭，倒不如說這剛好正中自己的好球帶。

該死，他真的好喜歡楊光這個傻男人。

Chapter 05

便利商店

「等、等等……」

「為什麼?是因為很舒服嗎?」

「不……不是……不對,也不完全不對……啊!」

「你吸得太緊,這樣我手動不了。」

「別說出來啊你這笨──哈啊!不……不行!」

楊光花不到三十秒就把兩人的衣服全部脫光,賴文善剛開始還以為他對這種事很不熟練,沒想到就看見楊光從床頭櫃拿出潤滑劑,在自己的手心倒了一些之後,很不客氣地往他的屁股上擠出一大堆。

楊光從背後抱著他,不斷輕吻他的後頸,兩手也沒閒著,用大腿強行掰開他的雙腿後,將手指慢慢插入,淺淺地抽插。

就算手指沒有很深入,但是楊光節奏感卻抓得很好,配合撫摸身體、用舌頭舔後頸帶來的刺激感,讓他的身體不由自主地顫抖。

因為很久沒做,他的屁股很緊,又加上楊光插不深的關係,更能感受到男人的手指關節線條，就算沒有看到也能立刻知道他在做什麼。

明明沒有碰到深處，但賴文善卻覺得很舒服。

「啊……啊啊……」

他全身癱軟，趴在床上無法動彈。

楊光順勢把他的身體完全翻過去，讓他背朝著自己，吻著後頸的雙唇慢慢移動到背上去。

他一邊用手掌磨蹭賴文善的陰莖，一邊用力將手指插入他的屁股裡，在他感覺到賴文善已經開始習慣之後，突然就把手指一口氣完全插進去。

「嗚！」

賴文善倒抽口氣，緊緊抓著床單，身體也變得比剛才要緊張許多，但楊光的手指卻毫無阻礙地在他屁股裡飛快抽插。

「啊、啊啊……不、不行……那裡不……」

賴文善無意識地開始扭動自己的臀部，嘴巴上雖然一直在說著拒絕的話，卻晃著屁股，主動將自己覺得舒服的地方告訴楊光。

「哈啊……哈……」

楊光親吻他的後頸，接著輕輕勾起手指，頂住賴文善剛才一直想要他去碰觸的位置。

「唔！」

突然被刺激到前列腺的賴文善，又把屁股抬高了幾公分，楊光看著他因為自己的手指而做出可愛的反應，眼神已經陶醉到近乎瘋狂的地步。

他拔出手指起身跪坐在賴文善的屁股面前，用力扳開，仔細看著被他玩弄到溼答答的穴口。

看著它一張一闔的可愛模樣，楊光覺得自己快要失去理智。

「文善……我可以進去嗎？」

他一邊套弄自己的陰莖，一邊將身體的重量壓在賴文善背上，在他耳邊輕聲低語，如同惡魔的誘惑般懇求著他。

賴文善大口喘息，他沒有回答，卻慢慢地點了點頭。

楊光勾起嘴角，在得到他的同意後，立刻插入他的身體裡。

他一口氣直接放到最深處，狠狠地頂著賴文善的腹部，賴文善也因為這樣而弓起身體，渾身顫抖。

「啊——」

「文善，好舒服啊……我好像剛插進去就要射了。」

「哈啊、哈……唔……」

楊光抓住賴文善的腰，下半身使勁撞擊他的身體，他可以感覺到自己每次頂進去的時候，賴文善就會稍稍縮緊，這種刺激感讓他難以自拔。

床板的嘎吱聲、肌膚相撞的清脆聲響，以及那帶著黏膩感的水聲，此時此刻，全都被兩人無視，除了彼此的喘息聲之外，什麼也聽不到。

「文善……文善……」

賴文善舒服到只能不斷啊啊呻吟著，楊光則是不斷重複喊他的名字，聽著他用充滿情欲的聲音不斷喊他，那如同墜入戀情的態度，令賴文善不知所措。

「唔……不、不行……」賴文善雙眸含淚，晃動著身體，緊咬下唇。

楊光不斷刺激同一個位置，這讓他再也沒辦法忍耐，身體狠狠一震之後，射了出來。

「哈……哈啊……哈……」

賴文善大口喘息，可是楊光並沒有退出去，而是在他高潮後停下來短短幾秒鐘，再繼續抽插。

「哈啊！等……我才剛射……」

賴文善轉過頭，當他用銀色眼瞳看向楊光的瞬間，這才發現楊光的瞳孔也已經轉變為金色。

「楊、楊光你……」

「再繼續。」楊光將胸口緊緊貼在賴文善的背上，雙手覆蓋在他緊抓住床單的手上，他仍插在賴文善的體內，不但沒有要拔出來的意思，還故意放慢速度扭動臀部，「我還想要繼續做，文善。」

面對這種要求，賴文善怎麼可能拒絕得了。

他臉頰紅潤，慢慢把頭轉回去，用後腦杓對著楊光。

楊光原本還以為他要拒絕，沒想到賴文善卻把臉靠近被他壓住的手背，吻了一下。

他怎麼樣也沒想到賴文善會用這麼可愛的方式回應自己，差點沒害他射出來。

「你為什麼又變大了。」

賴文善無奈地抱怨，因為還插在裡面，他完全可以感覺到它的「成長」。

楊光羞澀地嘟起嘴反駁：「還不都是因為你。」

「我、我什麼也沒做吧？」

「做了。」楊光把手收回，重新坐起身並強行把賴文善翻轉過來，和他面對面，「再來我要看著你的臉做。」

「呃、什——哈啊！」

賴文善還沒說完話，就被楊光突然衝撞進來而忍不住發出呻吟。

他看見楊光露出調皮的笑容之後，反而很不爽。

「你別這樣突然插進……唔！啊！」

楊光沒說話，就只是這樣一直盯著賴文善的臉看，像是要把他因為自己而感受到的每個反應全部看進眼底似的。

被這樣緊緊注視，下半身又還那麼舒服，賴文善真的很難控制自己的表情和聲音，但他根本沒辦法掙脫，就只能這樣全被他看光。

「文善，你好可愛。」

「哈啊……哈……」

「你真的好可愛。」

楊光邊說邊加快抽插的速度，緊緊抱著賴文善不斷顫抖的身軀，在他體內釋放出來。

可是，他並沒有因為射了而停下來，甚至連自己射了都沒感覺。

他抱起賴文善，讓他在自己懷裡上下晃動，一次次地狠狠撞進最深處。

「啊……不行……太快……」

賴文善被強迫張開大腿，在楊光的懷裡晃動身體。

屁股裡已經塞滿楊光的精液，因為抽插的關係而不斷溢出，甚至起泡、發出更響亮的聲音，但如今他卻已經什麼也顧不了。

身體已經敏感到近乎麻痺，除了舒服之外，什麼都感覺不到。

楊光的熱度確實傳進他的身體裡，根深蒂固、狠狠地留下烙印。

而在這分熱度降下來之前，賴文善的腦袋裡幾乎沒有太多記憶，就連做了多少次、過去多久時間，也沒有知覺。

最後恢復意識時，天色已暗，而他側躺在床上熟睡。

做愛做到斷片這種事他還是第一次體會到，可想而知楊光做得有多狠。

「唔，身體好痛。」

賴文善翻開棉被想要下床，卻發現腰上掛著一條軟趴趴的手臂。

回頭一看才發現，原來楊光抱著他貼著自己的背睡覺。

他睡得很沉，就像是好幾天沒有好好睡過覺似的，連賴文善下床都沒有醒來。

賴文善先去冰箱翻出礦泉水來喝，這時他才發現自己雖然全裸，但身體很乾淨，就連塞滿楊光精液的屁股也被清理過。

「呵，真是完美男友。」

賴文善一邊苦笑一邊回到臥室。

在經過鏡子面前時，他才發現自己的身體有不少吻痕，而且大多都集中在脖子跟鎖骨位置。

楊光似乎很喜歡在插入時親吻他的脖子，這些大概都是他在無意識的情況下，在插入的時候留下的吧。

賴文善用指尖撫摸吻痕，忍不住笑出來。

果然秦睿說什麼楊光技術糟糕透頂，只是單純在損他。

他把礦泉水放在床頭櫃，爬回床上，鑽進楊光的懷裡。

楊光睡得迷迷糊糊，但他的兩隻手卻像是在尋找賴文善似的，在賴文善鑽進懷裡之後緊緊抱住他。

「唔嗯嗯……再十分鐘……」

「噗哈！小孩子嗎你。」

這反應真的太經典，讓賴文善忍不住噴笑出來。

他將臉埋入楊光的懷裡輕輕磨蹭，重新閉上雙眼，伴他入眠。

楊光不見蹤影的這幾天他睡得不好，現在待在他身邊，聞著他的氣味、感受著他的體溫，讓賴文善確信，自己能夠睡個好覺。

「晚安，楊光。」

這次他絕對會把這個男人看緊，不會再讓他產生想要離開自己的念頭。

——絕對不會。

／

不知道是不是因為一口氣補眠的關係，他跟楊光兩個人窩在房間裡整整兩天沒出門，當然，這段時間除了最開始那一次之外，都只有蓋棉被純睡覺，沒做其他事。

根據秦睿給他的筆記本裡提到，在插入的情況下取得的高潮快感可以讓能力啟動約一天左右的時間，而他跟楊光的瞳孔，也確實在隔天就恢復正常。

他覺得很神奇，也挺有趣的，但想到外面那些令人寒顫的怪物，賴文善就還是沒辦法完全撇開心中的恐懼。

即便表現得再冷靜，他也知道這個地方是個危險的世界，絕對不能大意。

第三天開始，賴文善認真吸收筆記本裡的知識跟情報，裡面的資料很多，花費他不少時間去理解，而他也很快明白為什麼秦睿會說這個筆記本是「特別」的。

裡面除了有他想知道的，關於這個世界的說明之外，另外還有列出幾個他需要留意的名字和團體。

很顯然，這些都是跟楊光有關的人事物，看來秦睿早就已經決定要讓他全權照顧楊光，否則不會如此輕易為了連臉都沒見過的人，甚至還在他們初次見面前就做好這個東西。

包括秦睿把他叫過來這件事在內，秦睿似乎無所不知，怪不得他的態度能如此輕鬆自若，彷彿沒人能對付得了他似的，看來他確實有兩把刷子。

可是，秦睿為什麼會這麼信任他？明明他們完全不認識，也沒見過面。

若秦睿真的很重視、保護楊光的話，會這麼輕易就把他交給自己嗎？

「嗯——真搞不懂那傢伙在想什麼。」

「你說誰？」

端著剛煮好的泡麵走到客廳的楊光，把兩人的午餐放在桌上後，就熟練地繞到賴文善身後，坐在地上，從背後摟住他。

賴文善把楊光當成人肉靠墊，整個人窩在他懷裡，嘆了口氣。

「你到底是怎麼跟秦睿說我的事情的？他對我的信任讓我覺得毛骨悚然。」

「這樣不好嗎？」

「當然不好，嚴格來講我跟他完全不認識，而且他也不像是那種傻到會老實相信別人的傢伙，所以我才會懷疑他的目的。」

「其實我也常常不知道秦睿在想些什麼，但他說的話基本不會有錯，不只是我，其他人也都很信任他。」

「誰對你好你就跟誰走？你不像是會被人牽著鼻子走的類型啊？」

「啊哈哈哈。」

楊光苦笑，並心虛地挪開目光。

賴文善認為事情沒那麼單純，但他沒有繼續追問，端起碗吃泡麵。他邊吃邊說：「算了，總覺得去深究秦睿這個人反而很危險，而且他也確實幫我不少忙，所以我不會再多說什麼。」

「你已經把秦睿給你的情報全部看完了？」

「差不多，雖然有些部分還是有點難以理解，但大部分都沒問題。」

「你真厲害，我還以為你至少還得再多花上幾天的時間。」

「也許是因為我常常玩遊戲的關係，這種程度的設定對我來說不難理解。」

「你不是只會打卡〇之星之類的嗎？」楊光先是很訝異地瞪大眼，赫然發現兩人之間對於遊戲種類有認知上的差異。

賴文善擺出一臉「你在說什麼蠢話」的表情看著他。

「我又不是只會玩那種休閒遊戲，槍戰或恐怖遊戲之類的我也很常玩。」

「可是之前你明明——」

「那時候只有卡〇之星，我當然只玩那個。」

楊光臉色大變，冷汗直冒，迅速拿出手機翻看訊息，「等等，我記得離這裡最近的便利商店是在……」

賴文善用力將泡麵放回桌上，一把將他的手機奪走，很不爽地轉過來面對楊光驚訝到不行的表情。

「想什麼呢你，精神才剛恢復就要為了討好我去找那些東西？信不信我打死你。」

遊戲機和遊戲片這類物品並不屬於稀有道具，出現在便利商店的頻率也很高，基本上很少會有人想去拿，畢竟大家主要搜刮的還是生存必需品，想都沒想過要去拿那些占空間又礙手礙腳的東西，至於其他實力比較強、有餘裕的團體，幾乎也都有，根本用不著搶奪。

賴文善實在搞不懂這裡為什麼會有那種東西，看到筆記本裡有列出這個品項的時候，他還以為是在開玩笑，但看楊光的反應，應該是真的。

「你不是喜歡？我想讓你開心，再說沒有稀有道具的便利商店真的很安全，你看我之前不是連能力都沒啟動就去了嗎？」

「是沒錯，可是真的沒必要。」賴文善嘆口氣，「再說我不覺得自己能在這裡悠哉地玩遊戲。」

「反正出不去，我們有的是時間玩。」

「……你說這話是認真的？」

楊光看到賴文善不耐煩地瞪著自己，便垂下雙眸。

「我之前不是說過嗎？這個地方沒有出口。」

「秦睿也這麼說？」

「他已經待在這個地方兩年了，就算真的有出口，連秦睿都找不到，我又怎麼可能找得到。」

賴文善看到楊光這麼沒自信的態度，突然想起記事本裡提到過的那些情報，以及秦睿之前跟他說過，楊光有段時間過得並不是很好這件事。

看樣子楊光會變成這種性格，估計就是因為那些過去的記憶。

明明是個很開朗，能夠露出閃閃發亮笑容的帥哥，如今卻被這個世界搞成這樣，說實在話，這真的很讓人心疼。

賴文善將臉靠近楊光，給了他一個吻。

嘴唇雖然只有短短貼著幾秒鐘的時間，但楊光卻看起來一臉滿足的樣子。

他舔舔嘴唇，笑嘻嘻地說：「泡麵味。」

「吵死了。」

賴文善把頭轉回泡麵碗前，繼續大口吃他的午餐。

用餐過後，楊光將碗拿去廚房準備清洗，在這之前，他的手機卻傳來通知聲。

這個聲音同時也讓坐在客廳的賴文善注意到，當他轉頭看向楊光的時候，發現楊光正用著困擾的表情凝視他和自己的手機。

不用問也知道是誰傳訊息給楊光。

「是那個矮子嗎？」

「嗯，謝恩維說找到有那個藥物的便利商店了。」

楊光一邊回答，一邊小心翼翼看賴文善的臉色，似乎還是對於提起謝恩維的名字感到不安，但意料之外的是，賴文善並沒有什麼反應。

「那麼看你什麼時候要過去，我跟你一起。」賴文善邊說邊指向臥室方向，「要過去之前先啟動能力，我記得你說過那地方很危險吧？」

一想到又可以和賴文善上床，楊光不由自主地感到臉紅心跳。

過去對他來說，啟動能力的行為不過是為了生存，但現在的他卻很想不顧能力這件事，每天都抱著賴文善，撫摸、親吻他的身體每一處，並看著他因為自己的愛撫而高潮——

發覺自己的想法越變越糟糕之後，楊光立刻甩頭拋開那些念頭，努力維持冷靜。他不希望賴文善把他當成天天發情的變態。

「大概出發前三小時啟動能力就好，可是……因為那個地方要花比較多的時間，我們得用插入的方式……你可以嗎？」

「我？」賴文善眨眨眼，對於楊光的提問反而感到好奇，「當然，我本來就不怎麼排斥做愛，我還比較想問你有沒有關係。」

「對象是你就無所謂。」

雖然對楊光來說，不過是在陳述事實，但聽在賴文善的耳裡卻像是在說「非他不可」的意思，反倒讓人感到害臊。

賴文善紅著臉，輕咳兩聲，「沒想到你這麼喜歡說甜言蜜語。」

「你不喜歡？」

「與其說喜不喜歡，不如說是我不太習慣。」

賴文善雖然有過肉體上的經驗，但戀愛經驗值是零，即便之前跟人上床時偶爾會聽到一些甜言蜜語，但從那些男人口中說出來的殺傷力，遠遠比不上楊光。

「那麼，你打算什麼時候要出發？」

「謝恩維會先安排別人過去探路，應該最慢後天就要動身。」

「也就是說我們明天很閒沒事對吧？」

「……對。」楊光看著賴文善起身，總覺得他好像在打其他算盤，便問道：「你有什麼安排？」

「嗯，在去你說的那間便利商店之前，我想先去其他『普通』的便利商店看看，你能帶我去晃晃嗎？就當作約會？」

楊光原本不是很想去，但在聽見「約會」兩個字之後，眼神瞬間閃閃發光，想也沒想立刻點頭。

「沒問題，我帶你去！」

賴文善覺得楊光真的是個很單純的男人，沒有心機和其他危險的想法，相處起來十分舒服，所以他真的是在這個世界裡最好的搭檔選擇。

他們之間雖然互相有好感，但這分好感卻不能稱之為愛，楊光跟他心裡都十分清楚這個事實，所以「搭檔」這個詞，非常適合他們之間目前的關係。

既然沒辦法逃避，就只能選擇讓自己能待得舒服的方式來面對眼前的困境。

「至少要帶我去三、四間看看，我想多熟悉一下『便利商店』這個地方。」

「嗯，普通的便利商店有很多，所以多看幾間沒什麼問題。」楊光邊說邊查看冰箱，「正好我們也得補點吃的東西，就順便去拿些食材回來吧。」

「哈！我們這樣聽起來就像是去逛家附近的大賣場一樣。」

「確實很像，但是……」

楊光欲言又止，到最後，他都還是沒有把話說完。

「我洗完碗再過去，你先休息。」

「知道了，我就在這裡發呆。」賴文善爬上沙發，打了個哈欠。

花大量腦力和專注力看完筆記本，真的挺累人的。

原本他沒有想睡的念頭，但是躺上沙發後卻突然感到眼皮沉重，沒幾分鐘就睡到不省人事，連楊光把自己抱進臥室都不知道。

／

隔天一早，在吃完楊光做的三明治之後，他們便出發前往附近的便利商店。

賴文善很好奇他們口中的便利商店，究竟和自己想像中的差多少，所以還滿期待這次的行程。

出發前楊光特別囑咐並重新向他解釋關於「便利商店」的存在，聽起來確實不太危險，而這裡的人用來稱呼它的理由，也很單純。

「因為有很多商品，而且擺設和便利商店很像」——這是楊光的解釋，聽完之後賴文善只想笑，因為真的是很直接、沒其他含意的直率想法。

距離他們住的溫泉會館位置約一公里的地方，是個小型集中住宅區，這裡有很多掛著招牌、拉下鐵門的建築物，鐵門上有許多噴漆彩繪。

歪斜的招牌搖搖晃晃，路邊的電線桿也歪斜、斷裂，滋滋作響的電線懸掛在半空中，十分危險。

「別靠那些電線太近。」

「知道了。」

賴文善不過好奇的看了一眼，就立刻被楊光提醒。

他只是在想，這地方的電力設備到底是怎麼接的，不過這個世界的存在本來就充滿謎團，加上有太多不合常理的情況，所以認真去思考這個問題反而會讓自己看起來很蠢。

再往前走一小段距離後，賴文善變看到在這條路上唯一發光的招牌。

真的只是純粹發光而已，因為招牌上什麼也沒有，只是個正方形的路燈。

當他終於看到便利商店的真面目之後，賴文善心裡並沒有太多驚喜感，因為這個地方真的就和他所知道的「便利商店」沒差多少。

落地窗外牆、一層樓的設計，店面長度大約跟三台轎車差不多，而且外面也有停車格，所以很好判斷它的面積。

雖然招牌是亮著的，但店內卻沒有半盞燈，甚至連外牆也被砸碎，從外表來看很像是被人破壞後的廢棄店面，不過走進去之後卻發現，店裡的商品都很乾淨，雖然地板髒兮兮的，連結帳櫃台也像是被搶劫過一樣凌亂，可是只要是擺放商品的位置，都乾乾淨淨到沒有沾上任何灰塵。

很奇怪，眼前的事實讓賴文善很難用言語去敘述，乾脆放棄思考。

楊光一開始就先去食物櫃拿東西，所以賴文善獨自在其他商品架閒晃，當他路過保險套的架位時，差點沒昏倒。

保險套、潤滑劑，甚至是浣腸用品，一應俱全，甚至還占用很大的空間。

不愧是把性愛當作取得能力條件的瘋狂世界，保險套甚至還分口味跟形狀，害他差點以為自己在逛成人用品店。

他站在原地，雙手環胸，摸著下巴思考好一會，遲遲沒有離開。

因為還打算多去幾間，所以楊光只是隨手拿幾個食材，回頭就發現賴文善在盯著保險套看，於是也湊過去。

他從賴文善背後伸手，掠過他的肩膀，拿起寫著草莓味道的保險套，笑嘻嘻地說：「我喜歡這個口味。」

正在思考的賴文善嚇了一跳，匆匆回神後，對上楊光爽朗的笑臉，無奈搖頭，把他手裡的保險套拿起來放回原位，「別挑口味，去下一間吧。」

「你不打算帶一點走？」楊光貼近賴文善的耳垂，輕聲道：「房間裡的保險套都很普通，我還以為你會想拿點特別的回去試試看。」

賴文善一掌拍在他的鼻子上，把人推開。

「我只是在看一般便利商店都有些什麼東西而已。」

「原來你不是在挑保險套。」

「房間裡還有，我出門前確認過了。」賴文善理直氣壯拒絕，接著大步走出去，還不忘回頭催促：「走了，去下一間。」

「好啦好啦。」

楊光摸摸鼻子，小跑步跟過去，大方牽起賴文善的手。

賴文善抬頭看了他一眼，沒想到楊光卻很開心的樣子，全身上下散發出「我現在在約會哦」的氣場。

覺得這樣的楊光傻得有些可愛的賴文善，也只是無奈苦笑，然後緊緊握住他的手。

接著他們照著賴文善的意思，連著去三家不同位置的便利商店，雖然走了很多路，雙腿和腳底板隱隱作痛，但楊光卻還是一臉開心幸福的模樣。

與體力旺盛的他相比，賴文善倒是已經累到快走不動了。

他是說要去多看幾間沒錯，沒想到楊光居然會完全沒休息的一口氣帶他看完。

最後賴文善終於累到受不了，坐在路邊的階梯上休息。

「休、休息一下……」

楊光扭開礦泉水給他喝，蹲在他的面前，擔心地問：「還好嗎？需不需要我背你回去？」

「讓我喘口氣就好，千萬別背我。我還想留點男人的尊嚴。」

「在我面前不用這麼見外啦。」

「我可不是因為客氣才跟你說這種話的。」

因為賴文善十分堅持，所以楊光也只能妥協。

他摳摳臉頰，「文善，你為什麼突然要求要看便利商店？」

「我不是說想在出發前先熟悉？」

「你是說過沒錯，但我覺得你看起來反而像是在觀察。」

「……看不出來你還挺靈敏的。」

「別看我這樣，我可是很會念書，聰明得很。」

「行了你，稍微稱讚一下你就瞪鼻子上眼。」賴文善拍拍他的頭，「我是想看看對這個世界來說『能夠維持基礎生存的商品』和那些『特殊商品』有什麼不同，非得要搞得這麼複雜。」

他原本以為商品是用類型區分，例如藥物、文具用品、少見食材等等，但實際觀察下來，似乎這並不是分類的主要依據。

便利商店也備有藥物和醫療用品，但就是那些普通到你可以在一般商店見到的那些東西，另外也有鑷子、榔頭等基本工具，食材部分更是豐富到讓人懷疑是不是怕他們餓死的地步。

一路看下來，賴文善漸漸放棄原本的猜測，同時也確定了一件事。

這個世界對於商品稀有度的分配，完全就是看心情的，也就是說沒有所謂的理由，就像是對飼養在玻璃箱內的他們進行觀察研究。

適當投入少見、珍貴的物資，確認他們這些人會有什麼樣的反應或行為。

坦白說，今天這趟外出並沒有得到什麼有用的收穫，但至少還能讓楊光高興。

不過他也算是趁機會先提前瞭解「便利商店」是個什麼樣的地方。

「話說回來，便利商店很安全啊？你以前幹嘛老說會有危險，不讓我跟。」

「呃、因為我不想讓你遇到其他人……」楊光充滿歉意地垂下頭，「對不起，這真的是我個人的任性，但就算是普通的便利商店也確實有可能遇到危險，我並不想讓你冒這個風險。」

「我覺得你應該先好好跟我討論一下關於『危險』這兩個字的定義是什麼。」

楊光緊抿雙唇，皺著眉頭猶豫很長一段時間，最後才終於決定乖乖說出來：「因、因為我今天帶你去的那些地方都是危險性最低的，出現怪物的機率不到五%，也因為東西很普通、沒什麼特別的關係，其他人也不常去。」

「看來你還真的只是帶我『參觀』便利商店。」

「文善，我說過會保護你的安全，就一定會做到。」

「我都決定明天和你一起去那個地方拿藥了，你還想繼續把我當成沒有任何幫助的拖油瓶嗎？」

「我不是這個意——」

「在我聽來就是這個意思。」

賴文善將手握成拳頭，輕輕敲了一下楊光的腦袋瓜。

他並沒有很生氣，因為他知道楊光對自己的保護欲已經到有點扭曲的地步，要讓他馬上改過來的辦法就只有一個。

徹底讓楊光知道他根本不需要任何人保護。

於是他勾起嘴角，對茫然看著他的楊光說道：「等你見識過我的能力有多厲害之後，看你還敢不敢說要保護我這種大話。」

楊光不知道賴文善的自信是從哪來的，因為直到現在他仍遲遲不肯告訴自己，他擁有的是什麼樣的能力。雖然他也沒說明自己的能力，但賴文善看上去似乎並不在意的樣子，所以他不想主動開口坦白。

看賴文善信心十足的樣子，楊光反而有點擔心。

嗶嗶嗶——

楊光的電子手錶突然傳出聲響，他立刻沉下臉，起身的同時把賴文善拉起來。

賴文善知道這個聲音是警告的意思，表示有怪物在附近，所以沒有抱怨。

「走吧。」

「嗯。」

楊光的電子手錶真的很方便，據他說那是他在某間存放高級物資的便利商店裡拿到的，這個手錶能夠鎖定附近怪物的位置，並在與持有者產生危險距離的情況下即時通知。

剛認識楊光的時候他就知道這個手錶，而他們當時也是靠這隻錶以及手機的地圖，安然無恙地繞過那些怪物。

兩人牽著手，急匆匆離開，而在他們走後沒過幾分鐘，搖搖晃晃的影子如同吞噬一切的黑暗，將整條街染成伸手不見五指的黑色世界。

它並沒有察覺到楊光和賴文善的氣息，以緩慢的速度慢慢往前推進，漫無目的地隨意決定方向。幸運的是，它並沒有跟隨在兩人腳步後面，而是轉向其他地方，慢慢遠離兩人。

／

獨自坐在停車場頂樓牆邊的秦睿，兩條腿懸在半空中，輕輕甩著。

他無視高度，即便沒有任何安全防護，也沒有露出半絲害怕的表情。

這樣的他，幾乎完全融入漆黑的停車場，若不仔細看就不會發現他的存在。

秦睿手裡拿著玻璃酒瓶，垂眼看著沒有半點燈光的樹林，以及那些蓋得亂七八糟、毫無規則和合理性可言的各種建築，拿起酒一口灌下。

在他將頭向後仰的同時，一雙靴子出現在他身後，輕輕彎下腰與仰頭向上的他四目相交。

秦睿被這個神出鬼沒的男人嚇到，差點把喝進嘴裡的啤酒噴出來。

「咳、咳咳……我不是說過別老是偷偷接近我嗎！」

不苟言笑的臉龐沒有任何反應，就只是靜靜看著不滿地向他大吼的秦睿。

這個人的身材並不高大強壯，相對地纖細、嬌小，表情雖然嚴肅，也仍無法遮掩住他稚嫩的氣質，以「男人」這兩個字不是很適合用來稱呼他。

因為這個人，看上去不過是個十多歲、尚未成年的青少年。

無視於秦睿的憤怒，少年爽快地貼向他的臉，將自己的雙唇覆蓋住那雙瘋狂抱怨的嘴巴。

秦睿抖了一下身體，用力推開對方的肩膀，下意識身體往後撤，結果卻一個不小心就這樣把自己推向外面。

當屁股懸空的瞬間，秦睿才發現要掉下去了，卻被少年以飛快的動作抓住他的手臂，輕輕鬆鬆把人拉入自己懷中。

秦睿整個人跌進他的胸膛，與這名少年一起跌坐在硬邦邦的水泥地。

「你是不是有點醉了？」

「說什麼蠢話，要不是因為你突然冒出來，我也不會差點掉下去。」

「下次別再這樣。」少年用力抓住秦睿的手臂，垂眼道，「如果你死了，我怕我會因為太過生氣把所有人殺掉。」

「……偏激。」

秦睿像是抱怨般碎碎念，雙手放在他的胸前，撐起身體。

他拍掉衣服上的灰塵，慢慢走向吧檯的方向，並轉頭對坐在地上的少年說：「要喝一杯嗎？就當是你拉我一把的謝禮。」

「我倒是希望你用其他方法向我道謝。」少年邊說邊用銳利且炙熱的目光，上下打量秦睿的身體，意圖再明顯不過。

早就習慣他的態度的秦睿，直接無視他的要求，從冷藏櫃裡拿出一瓶汽水，往他臉上扔過去。

少年反應很快，單手接下。

他默默起身，走向吧檯前的座位區，和秦睿隔著桌子，乖乖當「客人」。

「你跑來幹什麼？」

「……沒事不能來見你？」

「我可不想跟你這種人扯上關係。」

「等你到了能喝酒的年紀再說吧，臭小鬼。」

少年咂嘴，並沒有反駁，而是大口將玻璃瓶內的汽水喝完。

他將瓶子用力砸向地面，細長眼眸將秦睿的身影深深烙印在瞳孔裡。

那充滿欲望的表情，明顯到就算是再遲鈍的人也能察覺到這個人的腦袋瓜裡在想些什麼，只不過秦睿並不打算回應對方。

畢竟這個傢伙是個未滿十八歲的臭小鬼，完全在他的喜好範圍之外。

「我聽說你收了個新同伴。」

「怎麼？難道你是因為擔心我跟新人之間的關係，才跑來找我？」

「換作是你，聽見自己喜歡的人身旁多了新的男人，還能無動於衷嗎？」

「很可惜，我現在並沒有喜歡的人，所以不能理解你的感受。」

「睿哥，我跟你說過的吧……」少年咬牙切齒，「不要把我逼太緊，否則我不知道會對你做出什麼事。」

「這句話我原封不動還給你。」

秦睿不畏懼對方的威脅，狠狠瞪回去。

少年只能緊抿雙唇，氣憤得握緊拳頭，卻不敢真的對秦睿出手。

「哈啊……算了。總之知道那傢伙跟你沒關係就好。」少年說完後便起身，「我來見你並不只是為了這件事，還有一個情報，聽說『那個團體』最近的行為越來越過分，你這邊也要小心點。」

秦睿知道對方的意思，再怎麼說他也是這個世界最厲害的情報商，得到消息的速度肯定不比他慢，不過他沒想到這傢伙竟然會擔心他到這種程度，少年的反應讓秦睿更加確定，「那個團體」手裡握有十分危險的東西。

他雙手環胸，慵懶地回答：「知道了，快滾吧你。」

少年很不滿地抿唇盯著他看，像是在對他提出無聲的抗議，最後他卻什麼都沒做，聽從秦睿的命令，乖乖離開。

秦睿靠著吧檯，撫摸下巴回想少年剛才說的話以及自己取得的情報，陷入沉思。

雖說他取得情報的時候還不是很確定真偽，但既然連少年都特地跑過來提醒他的話，估計是真的。

這個時機點，加上謝恩維突然提出對那項稀有藥物的需求——恐怕未來會有場腥風血雨也說不一定。

「……看來得提早做點準備，保險起見，也順便聯繫一下他吧。」

秦睿高舉雙手伸了個懶腰，從口袋拿出手機，將寫著熟悉名字的對話框點開，噠噠噠地按出訊息並成功傳送。

接著秦睿用手指輕敲著手機螢幕，邊用鼻子哼著節奏邊思考自己的下一步。

該怎麼做，才能夠讓那些自大狂妄的傢伙明白，和他作對是錯誤的決定。

Chapter 06
行動

楊光坐在床上盯著手機螢幕發呆，偶爾還會不由自主地露出笑容。

剛把上衣脫下來的賴文善看到楊光露出的傻樣，忍不住歪頭問：「你在看什麼，看得那麼起勁？」

「什、什麼都沒有！」

楊光急忙把手機藏起來，這時他才發現賴文善已經脫光光坐在自己的面前，這才想起他們現在要做什麼事。

雖說是為了啟動能力而準備做愛，但現在這樣一點氣氛也沒有，賴文善也像是在公事公辦一樣，相當輕鬆自然，和緊張到不行的他完全不同。

「你打算穿著衣服做嗎？」

見楊光遲遲沒有動作，就只是呆呆盯著他看，賴文善覺得有些奇怪。

楊光摳摳臉頰，不知道該把眼睛放哪才好地挪開視線，乖乖脫掉褲子。

「你的態度也太自然了啦，不是應該再害羞一點嗎？」

「又不是沒做過。」

「是沒錯啦……但我更想要一點有交往的感覺那樣，就是……甜甜蜜蜜那種……」

楊光嘟起嘴抱怨，而聽著他說這些話的賴文善，也只是深深嘆氣。

他並不認為自己和楊光在「交往」，可是楊光似乎不那麼認為。他是不是應該現在就把兩人的關係糾正回來，免得楊光一直誤會下去？

賴文善正想開口，就突然被楊光用雙手環住腰，緊緊抱住。

他把下巴貼在賴文善的肚皮上，仰頭盯著他看，像個鬧脾氣的孩子繼續碎碎念：「你對我撒個嬌嘛，我不想要只是單純為了啟動能力而跟你做。」

賴文善嘆氣，輕輕掐住楊光的臉頰。

「這位先生，你還記得我們待會要幹嘛嗎？」

「記得，去便利商店拿謝恩維要的東西。」

「既然知道就別這樣磨磨蹭蹭的，雖說距離集合時間還有三小時，但我們還得在能力啟動後盡快出發趕過去，沒多少時間可以浪費。」

「我發誓不會遲到的，好不好？」

「唉，不是這個問題……唔！」

感到頭痛的賴文善，突然被楊光親吻肚臍，敏感的位置讓他忍不住倒抽口氣，立刻就閉口不語。

楊光張開嘴，一邊吸吮著肚臍周圍的肌膚，一邊用舌頭掏弄賴文善的肚臍。

身體本來就很敏感的賴文善忍不住向前彎曲身體，氣息也變得越來越急促，看著努力品嘗自己身體的楊光，賴文善垂下眼眸，撫摸他的頭髮。

「嗯？」楊光吐出舌頭，調皮地勾起嘴角，趁他措手不及的瞬間一口氣將賴文善壓倒在床上。

咚的一聲，賴文善感覺到自己的後腦杓撞上柔軟的床墊，接著就看到楊光整張臉湊近自己，用溼潤的吻鎖住他的雙唇。

楊光很喜歡和賴文善接吻的感覺，而且每次賴文善都會環住他的脖子，努力回應他的吻，這讓他覺得很可愛。

雖然賴文善的身體和女人不同，在擁抱的過程中也能夠清楚感受到自己懷裡抱著的是個男人，卻仍然能夠讓他興奮到不行。

吻順著嘴唇、下巴，慢慢往下挪動到他的喉結和胸口，看著因為他而挺起的乳頭，用舌頭輕輕舔舐著給予更多刺激。

這時的賴文善，會因為舒服而咬緊嘴唇，想要努力抑制聲音卻又沒辦法完全做到，從喉嚨裡發出沙啞又沒有情調的喘息聲。

賴文善自己並不喜歡這樣，可是楊光卻覺得很可愛，同時也會更努力去玩弄他的乳頭，直到賴文善終於忍不住為止。

「啊！」

當他提高音量發出聲音的瞬間，賴文善的陰莖也已經高高翹起，不斷流出前列腺液，甚至興奮到微微顫抖。

楊光再次吻上賴文善的嘴唇，輕輕用指尖勾弄著不斷擠出液體的頂端，讓賴文善的身體顫抖到停不下來，除了抱緊他之外，什麼事都做不了。

呻吟聲含在親吻中，並用全身訴說著他的撫摸有多麼舒服，讓楊光可以清楚感受到賴文善有多麼喜歡被他碰觸。

光是這樣，他就覺得自己的陰莖腫脹到快要炸開的地步。

「不……唔嗯……」

賴文善嘴裡拒絕著，腰卻開始不安分地扭動起來。

他的屁股和自己的陰莖緊緊相貼，每當他扭動時都會磨蹭到他的陰莖，滑過股溝的瞬間，每次都讓楊光覺得自己的陰莖會不小心插進去。

男人的屁股不會溼，所以需要用手指擴張，可是今天賴文善卻已經自己先做好準備，屁股溼答答地，磨蹭的聲音聽上去比平常還要響亮。

楊光雙手捧著賴文善的屁股，將他不安分的腰緊緊抓住後，用力往下壓。

「唔！哈啊！」

突然插進去的行為，讓賴文善差點沒因為過於刺激而咬傷自己的嘴唇。

他清楚感覺到屁股裡的異物，它的炙熱、形狀，甚至是一顫顫跳動的感覺，全都透過下半身清楚傳達。

「哈……我要動了……」

楊光說完，根本沒等賴文善回答就擅自開始扭動。

他抓住賴文善的腰，用力頂撞。

「啊、啊啊！等……太快……」

「對不起，但我停不下來。」

楊光壓在賴文善身上，沒有辦法控制力道和速度，就像腦袋只剩下性欲的野獸，不斷衝撞他的身體。

抽插的水聲和肌膚相撞的啪啪聲響，都令他興奮不已，尤其是當他看見賴文善的肚皮被自己的東西頂撞而微微凸起的模樣，變得更加興奮難耐。

「哈啊！啊……啊啊……」

賴文善抓著床單，弓起身體，全身上下的神經都被楊光挑逗到無法停止興奮的感覺，漸漸酥麻的下半身失去知覺，剩下的，只有完全被性欲征服的大腦。

楊光的動作一點都不溫柔，卻滿足了他的身體，而在這過程中，他甚至能夠感受到楊光對自己身體的貪戀以及痴迷程度有多嚴重。

他一邊抽插，一邊啃咬著他的身體，比起吻痕，更多的是牙印。

而在被他咬過的地方，全都舒服到不行。

賴文善很快就沉溺在楊光帶給他的快感中，將主導權全部交給了這個男人。

「文善，我想射在裡面。」

「唔嗯、嗯嗯……」

「讓我射在裡面好嗎？我想射。」

「啊啊啊……」

賴文善根本就沒辦法好好回答問題，而且楊光也沒有打算讓他回答的意思，一邊用力頂他一邊問這些問題，完全就是故意的。

楊光看著賴文善被自己抽插而爽到不行的表情，輕輕舔掉從他眼角溢出的淚水，小口親吻他的臉頰。

「不、不行……」賴文善張著嘴，連口水都控制不住，不斷流出來。

他的手腕被楊光抓住而動彈不得，只能眼睜睜看著他用貪婪的行為占有自己。

「我要、我想去了……楊光……」

「嗯。」楊光勾起嘴角，將唇瓣移到他的耳垂位置，輕輕吸吮著，並用充滿情欲的低沉嗓音，在他耳邊低語：「跟我一起高潮吧，文善。」

「哈啊！」

在這麼近距離的誘惑下，賴文善根本不可能忍得住。

一聽見楊光的聲音，就彷彿思考能力被他操控一樣，立刻就射了出來。

白色的黏稠液體射在自己的肚子上，而他的屁股也被楊光射出來的精液塞得滿滿的。

得到滿足的兩人，在喘息的同時，與彼此四目相交。

發光的金色瞳孔和帶著冷冽氣息的銀色瞳孔，在注視著對方的臉之後，露出笑容，很有默契地將脖子往前伸，吻上那不斷吐出炙熱氣息的嘴唇。

「拔出來吧。」

「不能再做一次？」

「……不可以，時間不夠。」

面對楊光可憐兮兮的請求，賴文善猶豫了幾秒鐘之後，仍果斷拒絕。

楊光垂頭喪氣地將自己的陰莖從賴文善的屁股裡拔出來，雖然做一次就得停下來，但看到賴文善屁股裡不斷湧出自己精液的模樣之後，心情反而沒有那麼糟糕了。

「真是，你射得有夠多。」

賴文善打開雙腿，伸手撫摸自己的屁股。

楊光跪坐在他的兩腿間，光是看到賴文善自己撫摸屁股的行為，就讓他的下半身重振雄風。

當然，他瞬間硬挺的模樣也看在賴文善的眼裡。

賴文善皺著眉說：「我都說了不可以。」

楊光撝著嘴巴，「……這是不可抗力，誰叫你這麼色。」

見楊光理直氣壯地對他說這種話，賴文善還真不知道該從何糾正。

他看著楊光高高挺直的陰莖，再看看他那認真到不行的表情，最終妥協地張開腿，對他說：「好吧……只能再做一次。」

「真、真的嗎？」

「最好趁我後悔前趕快……喂！」

楊光興致勃勃地拉住賴文善的腳踝，二話不說就把自己的陰莖重新插進去。

賴文善縮緊肩膀，才剛習慣突然被插入的感覺，楊光就把他的身體往旁邊側翻後，壓倒在床上。

他的胸口貼著床，雖然看不見楊光在做什麼，但可以透過觸覺知道這傢伙打算抓住他的腰，用後入的方式做第二次。

「你慢點……啊！啊啊！都、都叫你慢……哈啊！」

楊光興奮地不斷插進賴文善的屁股，甚至用拇指用力撥開穴口，讓自己的陰莖能夠插得更深。

「等……等等！不行，你、太深……」

楊光笑著說：「放鬆，文善。別擔心，我會讓你舒服的。」

「你這笨蛋！快住——唔啊！」

賴文善臉色鐵青，打從心底浮現出不祥的預感。

楊光雖然看起來很有風度又溫柔的樣子，但做起愛來卻跟野獸沒什麼兩樣。

而在這之後，楊光就這樣足足做滿一個小時，差點讓賴文善連站都站不起來。

／

「你遲到了。」

戴著墨鏡的男人看見姍姍來遲的楊光，十分不滿地抱怨。

他那雙滿是肌肉、壯碩的手臂上全是傷疤，加上身材高大、沒有半絲笑容的臉龐，完全就像是從海軍陸戰隊裡訓練出來的軍人。

正常來說看到他那張臉的人，都會先被嚇個半死，可是楊光卻不同，他用爽朗、充滿朝氣的表情，開開心心地向他道歉。

「抱歉昌哥，我沒注意時間。」

「每次出發都會提早十分鐘以上到的你，居然會說『沒注意時間』，你以為我會信？」

「但是如果我說實話，昌哥你會打死我的。」

「……哼。」

男人冷哼，看起來還在生氣，但沒有繼續責怪下去。

他看著跟在楊光身後的賴文善，皺緊眉頭，雖然和他對上眼，卻完全沒有想要和他打招呼的意思，直接轉身。

賴文善搔搔頭髮，並沒有因為男人的無視而感到受傷，倒不如說不跟他搭話還比較好一點。

要不是因為楊光死纏爛打，他們也不會因為做太多次結果遲到。

這種遲到理由說出來實在太讓人丟臉，打死他也說不出口，更何況還是初次見面、連名字都不知道的男人。

「其他人都已經先過去了，你們也快過來。」

「昌哥，參加這次行動的有誰？」

「我跟你們兩個，還有阿嵐和酒鬼伯，就我們五個。」

「就人數來說還滿多的……」楊光邊說邊用嚴肅的表情問：「跟昨天秦睿傳來的訊息有關？」

「哈啊……就是因為秦睿覺得不太對勁，才臨時增加人手，雖然是謝恩維那傢伙跟你之間的私人委託，不過秦睿並不打算讓他這麼做的樣子。」

「秦睿剛開始不是沒有反對嗎？」

「因為他收到警告。」

「警告嗎……」

楊光和這名男人並沒有實際說出對方是誰，但他們心裡都很清楚那個人的身分，畢竟能讓秦睿改變主意，並帶來百分之百可信情報的人，就只有一個。

昨晚收到秦睿的連絡後，楊光就知道自己跟謝恩維之間的交易已經告吹，原本他還以為秦睿會阻止他，取消今天的行動，沒想到秦睿不但沒這麼做，反而還增加人手。

所以，原本只有他跟賴文善兩個人的行動，突然增加為五人小組。

出發前他有大概和賴文善說過這件事，所以賴文善在聽見他們的交談時，並沒有做出驚訝的反應，甚至也不插嘴，乖乖待在一旁當個盡責的小跟班。

「另外那兩個傢伙已經先過去了，目前還沒傳回什麼消息，你們兩個準備好的話也趕快出發。」男人邊說邊把耳入式對講機扔給楊光，「戴好它，我會在旁邊的臨時安全區待著，需要支援就跟我說。」

「知道了。」

楊光把對講機塞進自己跟賴文善的耳朵裡，接著男人便甩甩手轉身離開，留下兩人單獨站在吊橋入口位置。

賴文善見對方遠離，才轉頭問楊光：「他討厭我嗎？」

「昌哥本來就那樣，你別在意。」

「哼嗯——」

賴文善收回視線，轉而盯著眼前的吊橋。

吊橋對面是一座山，山的面積很大，但卻像是被人攔腰削成兩半，像是梯形一樣，看上去反而有點奇怪。

不過，周圍沒有什麼遮蔽物，所以削平後的平台模樣可以看得很清楚，而他們要去的便利商店，就在那個地方。

果然，便利商店從外表看上去和楊光之前帶他去的那幾間差不多，可是它的面積卻很廣，與其說是便利商店，倒不如說像是大型美式賣場。

雖然他們還沒走過吊橋，可是卻能夠感受到強烈的不安以及可怕的氣氛，彷彿身體所有的細胞都在抗拒往前走、不想要接近那間便利商店似的。

賴文善不是很喜歡這種感覺，而且不知道為什麼，楊光看上去並沒有感受到威脅，這讓他還以為是自己想太多。

不過很快的他就確定這並非是錯覺，因為周圍很明顯有著高大的影子在晃動。

那熟悉的身影，賴文善怎麼樣也不可能忘記。

是「A」。

就是他剛來到這個世界時，看到的怪物。

意外的是，現在的他再次見到這些怪物，心情很平靜，甚至感受不到恐懼，原因並非是因為他們現在的位置很安全，而是這個世界故意為之。

在第一次啟動能力後，賴文善感覺得到自己與以前變得不同，就好像漸漸不再像以前的自己似的，不但不畏懼怪物，對於自己所擁有的能力、許多不正常的地方，都能夠輕易接受。

他可以理解，為什麼楊光的個性和想法會變成現在這樣，待在這裡的時間越長，真的越容易讓人遺忘什麼才叫做「正常」。

「聚集附近的『A』數量比想像中多。」楊光在過橋前先仔細觀察對面的情況，他很快就熟悉怪物們的行動路線跟速度，並拉住賴文善的手走上吊橋。

「文善，千萬不要離開我身邊。」

「我當然不會做那麼愚蠢的事。」

楊光現在給人的感覺，和平常很不同，甚至有點帥氣。

賴文善忍不住多看幾眼，心裡的不安和恐懼也跟著煙消雲散。

只不過，他的心裡還有小小的疑問。

「你們每次都是這樣組隊行動嗎？」

「很少，畢竟我們是以情報維生的團隊，一個人行動比較方便，只有在有需求的時候才會像這樣組隊攻略危險度高的便利商店。」

楊光的口氣不同以往，對早已熟悉如何潛入危險區域的他來說，這些做法就像呼吸一樣輕鬆。

「我們的同伴中有些人會像秦睿那樣負責內勤，有些則是做後勤提供支援，剛才跟我們碰面的昌哥就是負責這項工作，再來就是純粹擔任情報蒐集的潛入人員，以及像我這種在掌握情報後實際行動的主攻擊手。」

「你負責的部分聽起來還真酷。」

不知道是不是因為被賴文善稱讚的關係，楊光有些害羞地摳摳臉頰。

「秦睿是依照我們每個人的能力來分配工作，我在同伴裡算還比較能打的傢伙，所以這部分的工作基本上都是由我來做。」

「那比我們先進去的那兩個人呢？」

「他們是負責潛入的。我不確定等一下我們會不會跟他們見面，以後有機會再介紹給你認識。」

「見不到面？但我們不是去同個地方？」

「兩個人行動比四個人行動安全，這是秦睿的規矩，所以除非有需要或是因為不可抗力因素而相遇，否則我們不會在執行任務時碰面。」

也許是因為他們主要的目的是蒐集情報，而非進行攻擊或掠奪，所以秦睿會設下這種規定，並不讓人意外。

老實說賴文善還挺欣賞秦睿的，這個男人很聰明，也很危險。

楊光雖然跟他說秦睿要稍微更動今天的行動內容，但沒說要取消謝恩維跟楊光之間的私下交易，甚至還增派人手……這些行為讓賴文善忍不住起疑心。

若他直覺沒錯，事情似乎並沒有表面看起來那麼單純。

尤其是謝恩維口中提起的那個壯陽藥，不管怎麼想都讓人覺得怪怪的。

天空突然傳來轟隆隆的聲音，雖然因為天色昏暗的關係，看不太出雲層的變化，但是這聲音聽起來不是很妙。

楊光抬頭看了天空一眼後，說道：「……文善，我們動作要快點了。」

賴文善點點頭，跟著楊光往山上的便利商店走過去。

楊光帶他走的路非常輕鬆，明明周圍可以看得到怪物經過的影子，但他們卻完全沒有和怪物撞上，就這樣十分順利地來到便利商店外側。

遠看的時候賴文善就已經覺得這間店很大，近看後發現它的面積比想像中還廣很多。

便利商店大概只有五分之一的牆壁是玻璃窗，而這些玻璃窗大部分都被破壞，成為敞開的出入口，所以他們根本不用浪費時間繞到正門。

便利商店外的招牌不斷閃爍，證明這間店的電路是正常的，天花板上的日光燈數量雖然不多，但只要有接上電且沒有被破壞的，基本都能正常發光。

當然，這點日光燈數量根本不足以完全照亮便利商店內部，可是有總比沒有好，至少不用摸黑前進，要不然在這麼大的地方，還真有可能迷路。

這間便利商店的內部構造大致上和普通的便利商店差不多，因為昨天才見過，所以賴文善的印象特別深刻，而且就連商品架的擺放位置都差不多，簡直像是複製貼上。

它和其他便利商店不同的點在於它有另外設置的商品區域，那裡放置的商品和普通便利商店差很多。

如果說普通的便利商店只是為了讓他們生存而存在的地方，那麼這間便利商店的商品就是想讓他們提高生活品質而存在的地方。

服飾、家電、電子產品、藥物甚至是高級酒——這些全都是其他便利商店所沒有的東西。

確實，沒有這些東西的話也不影響他們「生存」，但為什麼放這些奢侈品的便利商店會如此危險，而且還有這麼多的怪物在附近徘徊？

賴文善實在覺得很奇怪，怎麼樣也搞不懂這個世界究竟是在想什麼。

即便他在得到力量的時候成為了這個世界的一分子，但也不表示他就可以理解這個世界的想法跟意圖。

跟著楊光走的賴文善，原本還在認真思考這個問題，沒想到走在前面的楊光卻突然停下腳步，抓住賴文善的肩膀躲到牆後面的陰影處。

被楊光抓住的地方很痛，賴文善忍不住皺緊眉頭，但很快他就不在意這件小事，而是發現楊光手腕上的手錶正在震動。

在來到這裡前，楊光就把手錶調成震動模式，而它此刻發出警告的理由很簡單——這附近有怪物存在。

才剛這樣想，賴文善就聽見拐角處的沙沙聲響。

他稍稍從牆壁後面探出頭，往傳出聲音的地方看過去。

昏暗的燈光下，一個四肢特長、身材纖瘦的人拖著某個沉重物體慢慢走，他拉住的東西看起來有些重量，所以走得有些緩慢，但他卻不是很在意，步伐相當悠哉自若，彷彿不怕被任何人發現。

雖然黑暗遮住那張臉上大部分的表情，卻阻擋不了他的笑聲。

那是種用指甲刮著黑板，刺耳且令人煎熬的尖銳聲音。

賴文善瞇起眼，想確定那個人手裡拖著的是什麼東西而已，卻赫然發現那個人拖曳著的「物體」，竟然是個沒有頭顱的人體軀幹。

他手拉住的部位，是人體的左腳踝，腳踝上甚至還有斷開鎖鏈的腳銬。

賴文善瞪大眼，這是他第一次看見「屍體」，而這帶給他的震撼遠比再次看見那些高大的「A」時還要來得大許多。

他看見屍體後不到三秒，視線就被陽光的手指遮住。

「別看，也別出聲。」楊光冷冰冰的聲音裡，藏著一絲溫柔，試圖安撫他，「那東西只要手裡有屍體就暫時不會主動攻擊，等他離開後我們再出去。」

賴文善的背貼在楊光的胸前，所以楊光可以感覺到他正在因為害怕而顫抖。

在他說完後，賴文善抓住楊光的手，輕輕點了點頭。

直到那個怪物離開為止，他們都沒有再開口說一句話。

從安全的遮蔽物後方走出來的賴文善，看著地上的血跡，撫摸自己的胸口。

他的心在見到那個怪物的時候明明瘋狂跳動著，但很快就平靜下來，似乎被某種奇怪的力量安撫，即便他現在看到人的血跡，內心也沒有任何起伏。

血跡還未乾，甚至還在向外慢慢擴散，而看著血流動的賴文善，有些走神，直到被楊光拉住手才猛然清醒。

「喂，你在幹嘛？」

賴文善眨眨眼，額頭冒出冷汗，當他轉過頭的時候，看見楊光十分擔憂地盯著自己，大腦瞬間恢復思考能力。

「……不，我沒事。」賴文善伸手扶著額頭，輕輕嘆了口氣，「繼續前進吧。」

楊光覺得賴文善的反應有點不太對勁，但是並沒有追問下去。

兩人離開這區貨架，來到醫藥用品相關的區域。

他們沒有看地圖的時間，甚至初次來到這間便利商店的賴文善也不太熟悉裡面的構造，而楊光卻像是來過很多次，相當熟悉各種商品擺放的區域，讓他們用最短時間就到達目的地。

但，來到這個地方的並不僅僅只有他們。

接近最外圍貨架區的時候，賴文善和楊光就已經聽見裡面有翻箱倒櫃以及男人交談的細語聲，雖然因為距離的關係，聽得不是很清楚，不過卻能很明確知道對方的所在方向。

楊光和賴文善互看對方，看見楊光對自己比手劃腳，像是要用手語跟他溝通的搞笑模樣，賴文善就忍不住笑出來。

努力壓抑笑聲可是很辛苦的事，但楊光根本沒有要住手的意思。

於是賴文善輕拍楊光的右側臉頰，接著搖搖頭，抓住他胡亂揮舞的手。

楊光眨眨眼，一臉呆滯，直到看見賴文善拿出手機才恍然大悟。

對吼！既然不能說話，就可以用訊息來溝通啊！他怎麼沒想到？

發覺這點的楊光迅速拿出手機，用暴風似的速度輸入訊息。

「我先去確認對方身分，你待在這裡別亂跑。」

看著楊光傳來的訊息，賴文善歪頭回覆：**「直接走進去不就好了嗎？我們同樣都是人，又不是怪物，再怎麼樣也不會一見面就打起來。」**

「如果是麻煩的人就麻煩了。」

不知道是故意還是太急而沒注意到，但賴文善可以從一句話裡同時出現兩次「麻煩」這個情況明白一件事，那就是楊光真的是因為怕麻煩才想先確認那群人的身分。

賴文善想了想，最終還是同意楊光的決定。

「好。」

他才剛傳送出去，楊光就已經迅速把手機收回口袋裡，壓低身體接近那群人。

獨自被留下的賴文善將背靠在貨架上，腦海不斷浮現剛才那個「人」以及那個沒有頭顱屍體的身影。

從那東西走的方向，可以確定不是從這個區域過來的，但是讓賴文善好奇的是，被他殺死的人是能力者又或者是沒有啟動能力的普通人？

他一邊滑手機一邊思考這個問題，因為他沒辦法從社群裡的總人口數確認這件事。社群的總人口數一直在增減變化，雖然人數浮動並不是很大，但要從這個地方來確認，實在有點困難。

說起來，不知道誤入這個世界的普通人到底有多少，如果說他們在啟動能力前就死亡的話，也死得太不明不白。

賴文善突然有些慶幸，自己在誤闖這個詭異的世界後沒多久就遇見楊光，若不是楊光的話，他恐怕早就已經被「A」殺死了也說不一定。

因為想事情而分心的賴文善，並沒有注意到有液體從他頭頂上的天花板滴下來，直到那個液體滴在螢幕上，把他嚇一大跳，才注意到這件事。

透過手機螢幕的光芒，賴文善看得出那是紅色的液體，於是他半信半疑地歪頭，嘴裡小聲呢喃：「……血？」

沒想到他才剛說完話，面前就有個圓形的黑影迅速掉下來。

因為速度太快，賴文善並沒有看清楚那是什麼，直到他將視線往下挪，與落在冰冷地板上的眼睛四目相交後，瞬間臉色鐵青，下意識後退拉開距離。

是顆頭顱。

它的臉皮被掀開，鼻子以下的部位血肉模糊，而那雙空洞無神的瞳孔更是充滿死前的恐懼，讓賴文善才剛跟它對上視線的瞬間，不禁寒毛直豎。

賴文善後退的方向正好是個貨架，他沒注意力道，不但狠狠撞上去發出巨響，貨架上的東西也被撞掉。

就算他沒有因驚嚇而大叫，也因為撞擊聲發出的巨響，被另外那群人發現了位置。吵鬧的交談聲立刻停止，站在原地的賴文善緊張到冷汗直冒，就在他試圖從視線不佳的空間裡找出那群人的位置時，已經晚了一步。

一個身材壯碩的男人從賴文善的視線死角裡衝出來，眼明手快地抓住他的手腕後，將賴文善的右手向後反折並一把推倒，用膝蓋頂住脊椎，讓他無法掙扎。

「嗚！」

賴文善不知道發生什麼事，壓在背後的重量簡直快要弄斷他的脊椎。

面對無法掙脫的強大力氣，賴文善並不打算坐視不管，而且他也不想讓楊光為了救他而曝露。

他痛苦地眨著一隻眼，正巧和那張驚悚的頭顱再次對上視線。

幾秒鐘前他才被這顆頭顱嚇到，但現在他卻十分冷靜，輕輕地勾起嘴角。

閃爍著銀色光芒的瞳孔，突然增加亮度。

那顆頭顱周圍流出的鮮血，突然變成細長的尖刺，迅速伸長並刺向壓住他的那個男人。

「快閃開！」

比起這個男人，他的同伴更早發現攻擊，立刻出聲提醒。

壯碩的男人聽見同伴的聲音後，這才發現尖刺攻擊，但因為距離的關係，想要安全閃躲已經來不及，於是他只能側身並鬆開抓住賴文善的手，在受傷範圍最小的前提下躲開攻擊。

在男人鬆手後，賴文善立刻爬起來，和男人拉開安全距離。

他喘息著轉身面對男人，而男人則是扶著血流不止的手臂，惡狠狠地瞪著他。

「該死……」

看清楚對方的模樣後賴文善才發現，這個男人的瞳孔也在發光，也就是說，他現在也啟動了能力。

無法確定對方的能力，所以賴文善不敢大意。

銀白色的瞳孔很快地瞥向從男人手臂上流出的鮮血，瞬間，那些鮮血像是擁有自我意識一樣，拉長成線狀，如同繩子將男人的身體團團圍住。

「什——」

男人對於賴文善的能力感到吃驚，但接著就有個身影飛快地從身旁跑過去，直奔向賴文善。

這個人的動作很靈敏，賴文善回過神來的時候，他就已經把距離縮短到無法逃離，並向後收起手臂，握緊拳頭朝賴文善的臉揮過去。

昏暗的燈光中，賴文善看見那隻手的皮膚閃閃發光，立刻就意識到他的拳頭絕對不是普通的攻擊。

他想躲開，可是來不及，只能向後縮脖子，試圖讓對方揮空。然而他才剛這麼做，下一秒就看見這個人突然被某種力量打倒，整個人撞進旁邊的貨架，連同貨架一起倒在地上。

賴文善呆愣在原地，還不知道發生什麼事，手腕就被人拉住。他嚇了一跳，原本想要甩開，轉過頭卻發現是楊光。

「這邊。」

楊光拉著他跑出去，這時賴文善才發現除了那兩個人之外，還有四五個人在後面狂追，甚至還有人朝他們扔東西。

當然，他們丟過來的東西都是那些散落在地上的商品，根本沒有什麼殺傷力，而他們也很快就放棄追逐，因為這場鬧劇已經把附近的怪物引了過來。

所有人心裡都很清楚，在便利商店裡面戰鬥的話，沒有人會得利，比起其他能力者，「怪物」才是最優先需要迴避的危險。

可是，他們卻忘了一件最重要的事——這個世界本來就是怪物們的地盤，而他們，全都是隨時都有可能被殺死的「獵物」。

「嗚啊啊啊！」

慘烈的叫聲從身後傳來，接著就是聽見物體被撕開、拉扯的聲音。

賴文善和楊光根本沒有時間去關心那些人的情況，在兩人逃跑的前方，出現了一隻六條手臂，只有上半身軀幹的怪物。

它看起來就像是由人體模型拼湊出來的蜘蛛，連接的部位處都有明顯的焊接痕跡，而頭部更是被細長、乾扁的頭髮完全蓋住，看不出哪邊才是正面。

楊光緊急煞住腳步，迅速改變逃跑方向，而這隻怪物也追了上來。

在轉身的短短幾秒鐘裡，賴文善眼角餘光掃過剛才在貨架區的那群人正被同樣模樣的怪物們撲倒、攻擊，數量少說也有三隻，甚至更多。

跟他們相比，追在後面的只有一隻還算幸運。

可是很快地賴文善就發現自己不能高興得太早，因為在他們逃跑的前方，又有一隻相同模樣的怪物出現。

它速度快到停不下來，橫衝直撞地重重撞擊牆壁，卻絲毫沒有受傷或是減緩速度，彷彿這樣的衝擊力道根本不算什麼，六條手臂手忙腳亂地沿著牆壁爬過來。

前後兩側的路都被封鎖，賴文善知道這樣下去只有死路一條，但現在這邊沒有「血」能夠使用，他做不了任何事。

相較之下，楊光卻異常冷靜。

他來回觀察這兩隻怪物的移動速度，在非常短的時間內就算好與它們之間的距離，並且把徬徨無助的賴文善扛起來。

「什、什麼？你要幹嘛？」

「抱歉，稍微忍一下。」

楊光說完，雙眸的金色光芒提高亮度。

兩隻怪物無視彼此，直接硬生生衝撞上來，想就這樣把賴文善跟楊光夾成肉餅。

它們狠狠撞上彼此，撞擊力道讓造成它們頭部很大的損傷，怪物就這樣同時癱軟倒下，動也不動，而賴文善跟楊光的身影也不知道消失到哪去。

賴文善因為害怕而緊閉雙眼，直到耳邊傳來楊光溫柔的聲音。

「沒事了，文善。」

他嚇一跳的同時，也確實感覺到自己好像沒有受傷，這才慢慢睜開眼睛。

一睜開眼睛他就看到兩隻怪物因撞擊彼此而倒地死亡的畫面，而他卻不知道為什麼突然從被夾在中間的位置，移動到怪物的後方。

難道，是楊光的能力？這麼說起來他記得楊光的能力可以瞬間移動位置。

「瞬間移動真的好厲害。」

賴文善忍不住驚呼，但楊光卻面有難色地苦笑。

「不，我的能力並不是……」

他原本想糾正賴文善的想法，可是從黑暗中傳來怪物尖銳的叫聲後，讓他立刻抓住賴文善的肩膀，把話收回。

「總之，先到其他區域去，現在這附近血腥味道很重，怪物短時間內不會移動到其他地方。」

「知道了。」

賴文善點點頭，重新和楊光牽著手，暫時先到安全的區域躲避。

✣
Chapter 07
巨人

情況不太對勁。

楊光跟賴文善兩個人離開醫藥用品區域後，並沒有找到能夠喘口氣的空間，就連他們進來的落地窗附近，也都有不少怪物徘徊。

這個地方彷彿就像是怪物們的巢穴，完全被占據，而且更棘手的問題是，他們通訊設備的訊號被干擾，所以楊光也聯繫不上另外三名同伴。

怪物的外表稍微有些不同，無論是之前拖行無頭屍體的細長怪物，還是剛才像蜘蛛般爬行的人體，全都是行動快速、並對能力者有反應的麻煩類型，楊光以前曾遇過它們幾次，印象都不是很好。

想要從這些怪物的手裡逃脫有些難度，能力者們也很討厭遇上它們，不過以往並沒有像這次一樣遇到這麼大一群。

通常三四隻就已經算多，但現在在這間便利商店裡徘徊的數量，卻超過十隻，這可不是開玩笑的。

不過這些怪物因為體型的關係，無法鑽入縫隙，大多數都是在比較空曠的地方以及貨架周圍徘徊，所以賴文善和楊光就先暫時躲避在儲物間思考對策。

楊光首先就把瘋狂震動、發出警告的手錶暫時關閉電源，在這種滿是怪物的巢穴裡，這個道具完全沒有任何幫助，反而讓人心煩意亂。

「怪物的數量是不是多到有點不對勁？」

「……嗯，總感覺這個地方像是那些怪物的巢穴。」楊光邊回答邊摸著下巴回想秦睿昨天聯繫他的時候說的話。

秦睿本來就有點懷疑這個壯陽藥的消息來源，他們再怎麼說都是這個世界最強的情報商，像這種那麼好用的藥物，秦睿不可能不知道。

原本他們懷疑是謝恩維亂說話，或是又不知道從哪個砲友那邊聽來沒被證實過的情報，傻傻當真，才會跑過來私下委託楊光。

直接向謝恩維確認的話，那個大嘴巴很有可能會立刻把這件事說出去，所以秦睿並沒有當場揭穿或是質問謝恩維。

反正楊光都決定要跑一趟，那就乾脆去親眼驗證這個情報的真實性——秦睿是這麼想的，可是他們兩個人都還是有種不祥的預感。

「你說，這個壯陽藥的情報會不會是個幌子？」

賴文善突然說出自己腦海閃過的想法，把正在思考的楊光嚇一跳。

他眨眨眼，反問賴文善：「你為什麼會這麼想？」

他跟秦睿就算了，沒想到才剛來到這裡沒幾個禮拜的賴文善竟然也能察覺出來。

話說回來，秦睿對賴文善的印象不錯，而那傢伙的眼光向來很好，如果不是能力特別好的人，絕對入不了他的眼。

畢竟秦睿是個現實主義者，只對「有幫助」和「能力強」的人有興趣，所以他們同伴雖然不多，卻都是秦睿精挑細選出來的菁英。

「那個叫做謝恩維的……他給的情報你們都沒聽過，是不是有點奇怪？」賴文善並不是因為謝恩維和楊光有過身體關係，才對他產生懷疑，而是這整件事情看下來就是有種說不出的奇怪感覺，這個感覺在來到這裡、遇到那些怪物後，變得更加強烈。

「我總感覺是有人刻意利用這個壯陽藥的情報，把能力者拐過來，如果說這裡真的是那些怪物的巢穴，那麼這個陷阱論就說得通了不是嗎？」

「是沒錯。」楊光嘆口氣，「唉，那個傢伙真是沒事找事做。」

「你如果知道這是陷阱，就不會傻傻過來了對吧？也就是說你跟秦睿想要確認『壯陽藥』是否真實存在，所以才沒有停止這次的行動。」

「嗯，如果真的有那東西的話，確實對我們來說是很不錯的輔助品。」

「你們為什麼想要增強力量？是要在遇到那些怪物的時候有辦法保護自己嗎？」

「……更正確的來說是要『殺死』它們。」楊光毫不隱瞞他跟秦睿的意圖，向賴文善坦白說出理由，「至今為止沒有任何一個能力者殺得了『A』，所以我跟秦睿才會想說如果能增強能力的話，或許就能有辦法殺死『A』。」

「殺死它幹嘛？」

「我雖然已經沒抱持什麼希望，但秦睿還是沒有放棄尋找這個世界的出口。」楊光聳肩，一臉無奈，「他認為出口的情報很可能跟一直殺不死的『A』有關，所以才會想盡辦法對付它。」

「你們不是說這個世界沒有出口？」

「說是那樣說，但實際上應該是存在的。」楊光搖搖頭，「不過我不能確定，因為幾乎所有能力者都沒有找到任何離開這個地方的線索。」

「你說『幾乎』，就表示還是有人有線索對吧？」

「嗯。就是蟲的老大跟秦睿。」

「知道有出口就好，那代表我們並不是沒有離開這個地獄的希望。」

「就算有，找不到也沒用。」

「你別這麼悲觀。」賴文善用力掐住楊光的臉頰，「你現在有我，我會幫忙的，相信我，我絕對會想辦法讓我們離開這個鬼地方。」

賴文善十分有自信，閃爍著銀色光芒的雙眸，充滿希望。

楊光很熟悉這種眼神代表的意思，因為他也曾經跟賴文善一樣有這種想法，但很快地他就被這個世界磨光了希望，再也不奢求回到以前的日子。

他不忍心澆熄賴文善的幹勁，只能笑嘻嘻地看著他。

「總而言之，我們現在先想辦法離開這裡再說。如果這個地方是陷阱，那麼我們就更不能繼續待下去。」

「說得對。」賴文善雙手環胸，歪頭思考，「不過真的有點奇怪，關於壯陽藥的情報到底是誰傳出來的，照結果來看，對方應該是想要殺掉能力者，但我想不透為什麼。」

根據現在有的情報，賴文善合理推測造謠者是想讓怪物們殺死能力者，可是總感覺這件事情並不是其他能力者做的，因為減少能力者的人數對他們來說並不是什麼好事。

咚！咚咚、碰！

門外可以清楚聽見貨架倒塌、有東西撞擊在牆壁上的聲音。

這讓兩人將注意力拉回眼前面臨的問題，並重新開始思考逃脫的辦法。

「看來那些怪物還在附近徘徊……不如我想辦法衝出去？」

「就算你有那個能力也不行，我有想確認的事。」

「你該不會真的想去找那個藥？」

「不，我是想看那些怪物把能力者的屍體帶去哪。」

「……什、什麼意思？」

楊光傻住，因為他沒想到賴文善會這麼說。

他回想起在醫藥用品區曾看到賴文善使用能力，雖然當時他沒有時間仔細思考，但確實是個很強的能力。

賴文善提眸對上楊光的眼眸，知道他已經看見自己使用血液攻擊其他能力者的事，便果斷承認：「你有看到吧？我的能力就是操控血液。」

「這……確實很厲害。」

「嗯，不過限制也滿多的。」賴文善聳肩，「雖然我覺得比不上你，但，你親眼看過之後就知道，我並不像之前那樣需要你保護。」

雖然賴文善說得自信滿滿，但剛才的他明明就還是在楊光的保護下才能順利脫身，不過楊光並沒有當場吐槽，因為他更擔心賴文善心裡頭打的算盤。

「就算是這樣也不行，你那樣做根本是說要主動進入怪物的巢穴中心。」

「放心，我沒打算做什麼，只是想觀察一下它們的目的。」

賴文善態度堅決，楊光知道自己是沒辦法說服他了，只好硬著頭皮回答：「我跟你一起去，你應該不會拒絕我吧？」

「不會，倒不如說有你在我會更安心。」

「唔——」

即便知道賴文善不過是實話實說，但楊光還是會忍不住因為他這句話而紅起臉頰、心跳加快。

相較之下，說出這句話的賴文善倒是一臉平靜，並沒有想要撩他的意圖，反倒是認真回想剛才看見的那些怪物是往哪個方向移動。

「總之，我們先回到最開始看到怪物拖曳屍體的那個地方，沿著血跡追蹤。」

「可以是可以，但你能不能先告訴我你想確認什麼事？」

「我覺得那個傳出壯陽藥謠言的人，把能力者引到這個地方來應該是有什麼原因，如果能找出理由的話，或許就能推測對方的身分。」

「知道了，如果是這樣的話確實有必要調查清楚。」

「我想這應該是秦睿沒有改變這次行動的最主要原因吧。」

「……你連這個都看出來了？」

「嗯，冷靜想一想的話就可以知道秦睿在盤算什麼。」

「文善，你真的很聰明。明明我待在這裡的時間比你長，但你卻比我還老練的樣子。」

「我說過我適應力很好，好啦別說廢話，快走。」

賴文善邊說邊抓起楊光的手，悄悄推開門，確認外面沒有怪物的蹤影後，直接拉著他一起跑出去。

走廊外很安靜，雖然可以不時聽見碰撞聲，但這樣反而比較好。

藉由聲音的大小和方位，就可以確定怪物的位置，不過並不是所有怪物都這麼好確認位置，也有像之前那樣躲在天花板上，伺機而動的怪物，所以賴文善和楊光特別小心。楊光對付這些怪物十分有經驗，在他的協助下，兩人很快就發現拖曳屍體的血跡。

他們沿著血跡走，最後發現便利商店內側最深處的一扇鐵門。

鐵門被鐵鍊五花大綁，就像是想要防止裡面的東西跑出來似的，而且這個地方的溫度也異常寒冷，兩人甚至能從口中吐出白霧。

「看起來很像是冷藏室。」

「你是說大型賣場有的那種超大冰箱？」

「對。」

有些賣場會將需要低溫保存的商品放置在內側的空間，並提供消費者進入拿取，那個區域的溫度都會特別低，就像是來到寒帶區。

而這個地方，就有點像是那裡，但賴文善相信，這扇門後面的東西，絕對不是什麼美味的食材。

「文善。」

楊光喊了他的名字，並示意他過去。

賴文善見楊光蹲在地上，他的面前有個可以拉開的方形空間，而在這周圍全是人血跟碎肉殘渣。

很顯然，屍體都被那些怪物扔進這裡面。

「好像是處理垃圾的。」

楊光拉開來看，但是裡面太暗，根本就看不見底。

不過一拉開就可以聞到很濃厚的血腥味道，令人倒胃口。

「這下面肯定有什麼。」

「你的意思該不會是……喂！等等，文善！」

楊光才剛覺得賴文善是不是打算跳進去，沒想到下一秒他就還真的鑽進去，嚇得他也跟著跳。

管道並不長，很快就能踩到地面，但這並不是冰冷或是硬邦邦的地板，反而像是躺在肉塊上面。

賴文善和楊光從肉堆起的小丘陵滑下去之後，果然身上都是難聞的血味，這讓人感到十分不舒服。

「噁……我快吐了。」

「忍著點。」

賴文善動動食指，輕鬆地讓沾在兩人身上的鮮血全部聚集在一起後，自動回到那坨肉山上去。

他回頭看向這些屍體，真心覺得自己有點可怕。

不久前還因為看到無頭屍體而感到恐懼，但如今他卻已經能夠輕鬆適應，甚至從屍體山上滑下來都無所謂。

這種越來越不像自己、越來越偏離正常觀念的思維，恐怕就是讓楊光感到害怕的「變化」。

他才剛啟動能力沒幾天就已經能如此泰然自若，更不用說其他能力者的心態上會有什麼樣的變化。

大腦像是分成兩種人格，一個還保有原本的自己，一個則是在受到影響下適應了這個詭譎世界的自己。

在這個地方待太久，真的會影響到自己的大腦，變成精神錯亂的瘋子恐怕也是遲早的事，天曉得他能撐多久。

像秦睿他們那種人，表面雖然看不出來有什麼差別，但誰也不知道他們的思想是不是已經被這個世界搞得支離破碎。

賴文善雖然這麼想，可是當他看著秦睿的時候，卻又覺得那個人似乎還保有著原本的自己，並沒有像楊光這樣影響過大。

他不清楚秦睿是怎麼做到的，不過如果真的是這樣的話，或許還是有辦法能不把自己搞到瘋掉。

「你的能力真方便。」

聽見楊光讚美自己，賴文善這才回過神，抬起頭看他。

楊光的眼眸閃閃發亮，透過那雙發光的瞳孔，他可以清楚感受到還存在於楊光心底深處，原本的他。

賴文善清清喉嚨，沒有回應他的讚美，而是環顧四周，在仔細觀察後皺緊眉頭。

「楊光，你看這個地方。」

「怎麼了嗎？」楊光照他說的，來回轉頭，但是並沒有發現什麼不對勁。

除堆積如山的屍體、將地面完全染紅，永遠不會乾掉的血跡之外，他什麼也沒發現。

賴文善雙手扠腰，「那些怪物在蒐集屍體。」

因為已經死亡，所以他們無法透過屍體判斷出這些人是不是能力者，但以目前他所能看見的人數來講，至少有二、三十人左右，如果能力者死亡數量有這麼大的話，手機裡顯示的總人口數也會有很大幅度的變動才對。

如果沒有，就表示這裡大部分的屍體都是能力尚未啟動的一般人。

「楊光，沒啟動過能力的人就無法知道這個世界的真相對吧？」

「對，連找出口的資格也沒有。」

「那樣的人大概有多少？」

「我不清楚，因為那些人很少能夠活超過一週的時間，我們也沒有要拉攏他們的意思。」楊光邊說邊摸著下巴思考，「不過有群傢伙為了想增強團隊的能力，所以會抓這些人並強迫啟動他們的能力，如果對方能力還不錯就會強留，能力不好的就會被拋棄或殺掉。」

「嗚哇，那是什麼糟糕透頂的作法？這種行為跟黑道沒什麼不同了吧。」

「在這裡很正常。」

「哈，看來我永遠不會習慣。」

賴文善是真的很討厭這種行為，不過他並非不能理解。

在無法離開這裡的情況下，自然就會有人會選擇聚在一起求生存，人是無法完全獨居的生物，在這種地方脫離團體生活，簡直是在玩命。

「照你說的那樣，那麼會有這麼多屍體就不太意外。」賴文善重新把話題拉回眼前的狀況，正色道：「先不管他們是不是能力者，反正死了都一樣只是屍體，我在意的是這些屍體並不完整。」

「這麼說起來，確實看上去是被扯掉肢體。」

「我有個很討厭的猜測。」賴文善話還沒說完，兩人就聽見通道深處傳來拖曳重物的聲音。

他們很快蹲下來躲在暗處，幸好這個地方光線不足加上有不少遮蔽物，除這些被扔下來的屍體之外，還有像是桌子、鐵櫃之類的家具，所以躲藏視線並不是什麼大問題。

從通道裡慢慢走出兩名身材胖得像顆球的巨人，他們穿著小孩子的衣服，頭上戴著不合乎頭圍的童帽，頂端甚至貼著會旋轉的竹蜻蜓。

巨人穿著吊帶褲和條紋衣，手臂強而有力，它們並沒有武器，只是拖曳著一台機器，來到那座屍體山前。

它們從裡面把屍體一個個拉出來，非常仔細地挑選，接著用力扯斷屍體四肢與頭顱，並仔細挑選扯下來的肢體，像是拼拼圖一樣，把它們重新拼裝。

巨人們打開機器，藍白色的火焰從鐵管裡噴出，並牢牢將肢體焊接起來，成為新的「個體」。

這下賴文善終於知道在上面遇到的那些怪物究竟是從哪來的，原來就是這兩個巨人搞的鬼。

在拼湊完成後，巨人們的雙手一離開，拼湊完成的「新個體」就會開始僵硬地扭動軀體，接著快速鑽入旁邊的管道，消失在黑暗中。

從它們踩在鮮血上的噠噠聲，可以清楚知道那些東西的速度有多快，怪不得當時在醫藥區域遇見時它們能用那麼快的速度進行攻擊。

不只有那些看起來像蜘蛛的怪物，就連細長高瘦的怪物也是兩個巨人「製作」出來的。

怪物自己製作怪物的畫面，看起來真的有夠詭異。

他跟楊光對看一眼，發現楊光似乎也對眼前看到的情況感到震驚。

最後他們就在這裡躲著觀察巨人們的「製作過程」，直到它們心滿意足地離開為止，而這段期間仍有不少屍體被扔到下面來。

「還好嗎？」

「沒、沒事。」

楊光把賴文善拉起來，因為蹲的時間比想像中久，賴文善有些腿軟。

重新站穩後，賴文善看著屍塊殘留的位置，不是很想靠近。

「我完全沒料到那些怪物是用這種方式做出來的。」楊光皺著眉頭，「剛才那兩隻怪物我從來沒見過，可能連秦睿也不知道它們的存在。」

「肯定有其他人知道，但沒把消息傳出去。」

在看到巨人的存在後，賴文善總算能夠確定「壯陽藥」事件確實是有人在背後搞鬼，目的就是想把人引過來成為巨人們的「玩具」。

「你覺得是其他能力者？」

楊光看著賴文善的表情，說出自己的猜測，但是卻得到否定的回答。

「不，我覺得不是。因為沒有那個必要不是嗎？增加怪物數量對我們所有人來說都不是什麼好事，就算是你剛才提到過的那些人渣也不會這麼做。」

「如果不是……那會是誰？」

「……或許不是『人』。」

「你是說那些怪物做的？但它們沒有那種程度的智商啊。」

「雖然我才剛來這裡沒多久，知道的事情、接觸過的狀況確實沒你們多，但我很確定這個世界沒有所謂的『絕對』，搞不好我說的那種怪物並非沒有，而是故意沒有讓我們知道它們的存在而已。」

「是這樣……嗎？」

楊光不是很能理解賴文善說的話，因為他一直認為怪物就是怪物，它們不過是為了殺死他們而存在的危機，再說交手的時候，他也不曾感覺到那些怪物會思考，甚至是製造陷阱、放出謠言等等行為。

如果賴文善的想法是正確的，那麼這些怪物又是怎麼做到的？

「會不會是有能夠跟怪物溝通，或是操控它們的能力者？」

「所以我剛剛說了，是『或許』。真正的原因我們現在才要去確認不是嗎？」

賴文善邊說邊往前走，他走的方向正好就是巨人們離開的位置。

楊光一臉不安地跟在後面，深怕和賴文善分開，選擇緊握他的手。

兩個人就這樣牽著手，十分困難地走過血淋淋的地面，接著終於來到沒有鮮血跟肉塊的水泥通道。

半圓形的水泥拱門建造而成的長形地道，雖然不能說視線很清楚，但至少這裡隔幾公尺就有一盞燈，也沒有之前那種刺鼻的鐵鏽味。

血跡通到水泥牆上的另外一條通道，這個洞不是很大，一次只能讓一個成年男人通過，很顯然尺寸和那些巨人的身材比例不符合，但通道口卻沾有血跡。

楊光歪頭盯著通道看，「那兩個怪物竟然鑽得進去？」

「除非它們的肉軟到能夠扭進去，不然不可能。」

「呃，光想像都覺得很噁心。」

「我也是。」賴文善探口氣，凝視著通道深處。

附近沒有其他能夠前進的路，底部也被鐵欄杆封住，無法通行，而且血跡也只到這裡，除了巨人們鑽進去通道之外，沒有別的可能性。

「嗯？」

賴文善在觀察周圍時，意外注意到散落在附近的玻璃碎片。

數量還滿多的，感覺像是有人在這裡打破好幾片玻璃窗，雖然心裡覺得有些奇怪，但他並沒有把這件事放在心上，而是重新注視水泥牆上的通道口。

「把我抬上去。」

「什、什麼？文善，你真的要爬進去裡面？」

「不把這件事情弄清楚，我是不會離開的。」

「拜託你別這麼執著，我真的怕你會受傷。」

「別擔心，我自己有打算。如果沒把握我也不會冒著危險跟過來。」

賴文善堅決的態度，讓楊光無言以對。

最終他也只能妥協，不再反對，順從地照他的要求，把手指交握後放在大腿上，讓自己當成腳踏墊，讓賴文善能夠順利爬上去。

賴文善身體很輕巧地踏在楊光的手上，隨著他往上用力一抬，身體高高跳起，成功來到通道口。

他原本想轉身把楊光拉上來，沒想到卻聽見楊光說道：「進去點，文善。」

賴文善眨眨眼，把身體稍微塞進通道裡，接著就看到楊光往後退，接著用盡全力向前衝刺後踏上水泥牆，輕而易舉抓住通道口，並將身體整個抬起來，安然無恙地純粹靠自己的力量爬上通道。

因為有點帥過頭，導致賴文善的嘴不由自主張開，一臉驚訝地看著輕鬆拍掉手上灰塵的楊光。

「哇，楊光，你帥翻了……」

「我還滿擅長翻牆的，以前念高中的時候，快遲到或是想溜出去便利商店買東西的時候，我都會這樣做，自然而然就變得很熟練。」

「雖然很帥，但理由卻很糟糕。」

賴文善嘻嘻笑著，楊光則是因為看見喜歡的人因為自己而露出笑容，忍不住把臉湊過去，輕輕在賴文善的嘴上吻了一口。

這個吻來得太過突然，賴文善有點呆住，幾秒鐘之後他就抓住楊光的領口，強行把人拉過來重新吻一次。

他張開嘴，用舌頭舔弄著楊光的口腔，與他的舌頭纏繞。

在這個狹小通道口裡迴盪著黏膩的聲響，讓這溼答答又充滿誘惑的吻，一下子就點燃楊光下半身的欲望。

但，賴文善就像是知道該在什麼時間點剎車一樣，很快就把他推開來，不再繼續下去。

強制結束的結果，就是讓楊光一臉不滿足地露出凶惡的目光。

賴文善勾起嘴角，溫柔地舔掉楊光嘴角的口水，並將雙唇移動到他的耳邊。

「回去後再讓你做。」

「……你是不是故意的？」

「誰叫你要這麼帥。」

「唔呃呃呃——」

楊光用力搔頭髮，發出煩燥的哀號聲。

接著他很快就恢復冷靜，並炯炯有神地盯著前方。

「快點行動吧，早點把這鳥事處理完，就可以早點回去跟你膩在一起了。」

賴文善沒想到楊光會變得這麼積極，明明不久前還困擾自己是異性戀，只喜歡女人，卻對男人產生性欲而感到苦惱，結果現在倒是已經完全不在意。

「我有時候真懷疑你是不是雙性戀而不是異性戀。」

「什麼?你剛剛有說什麼嗎?」

比他早鑽進去通道的楊光，並沒有聽清楚賴文善剛才說的話。

看著楊光在自己面前努力搖著屁股鑽進去的畫面，賴文善也不再去想那些問題了，反正「現在」這個屁股是他的所有物，楊光的性向問題也就變得不是那麼重要。

兩人一前一後離開通道，在前面的楊光出去後發現沒有落腳的位置，二話不說直接從兩層樓高的水泥牆跳下去。

他落地後回頭，賴文善才剛鑽出來，一臉驚訝地看著他。

「你就這樣直接跳下去?」

「這點高度不算什麼。」他張開雙手示意賴文善跳到他懷裡，賴文善也沒猶豫，果斷撞進他的懷裡。

楊光的雙臂很有力量，能夠把同樣身為男人的他穩穩抱住，甚至還能游刃有餘地朝他笑。

「你真輕。」

「我知道自己沒什麼肌肉。」賴文善委屈地捏捏楊光的手臂，「反正我就是沒辦法練出像你這樣的手臂。」

「不用練啊，你現在這樣就很好，抱起來很舒服。」

賴文善看了楊光一眼，雖然知道他說這些話並沒有什麼特別的含意，但還是會讓聽的人覺得有些彆扭。更何況他們之間還不是普通的朋友關係。

「把我放下來，你還打算抱我多久？」

「一直抱著都沒問題。」

楊光老實回答，卻反而被賴文善狠瞪，沒辦法只好將他放下來。

賴文善雙腳踩穩後，環伺周圍。

沒想到這個通道連接的地方，是個小巧可愛的房間。

看起來有點像是嬰兒房，玩具、嬰兒床以及娃娃這類物品占據了相當大的位置，在房間內能夠行走的空間反而變得很少。

所有物品都很乾淨，不像通道外那布滿鮮血和屍體的空間，讓人有種突然穿越到其他地方的錯覺，但看著這些玩具的賴文善，直覺認為最好別隨便亂碰會比較安全。

誰也不曉得這鬼地方藏著什麼樣的陷阱。

「文善，這裡有個小冰箱欸。」在賴文善觀察房間的時候，楊光倒是從容不迫地跑到冰箱前面，開開心心地從裡面拿出彈珠汽水，「哇！看起來不錯喝！」

「等等，楊光你別——」

賴文善原本想阻止，誰知道楊光動作比他想得還快，爽快地打開後一口灌下。

看著賴文善臉色鐵青朝他伸出手的模樣，楊光只是好奇地歪頭：「怎麼了？」

「你、你怎麼能隨便亂吃東西！」

「這裡也是『便利商店』的一部分區域吧，既然如此就不會有事，對我們來說會危害到我們性命的，只有那些怪物。」

「哈啊……你別忘了我們是追著那兩個怪物來到這裡的，雖然還不清楚它們是怎麼鑽過通道爬進這裡，但肯定是使用了某種方法。」

賴文善頭很痛，因為他實在不懂楊光為什麼如此沒戒心。

他碎碎念了一陣之後，突然聽見玻璃瓶掉在地上的聲響，嚇了一跳。

「楊光？」

賴文善重新看向楊光的位置，但是他卻只看見掉在地上的玻璃瓶，眨眼功夫楊光竟然憑空從自己面前消失不見。

「楊光！」賴文善緊張得大喊，急忙衝過去。

沒過多久，他聽見楊光微弱的聲音。

「我、我在這裡。」

「什麼？哪裡？我怎麼沒看見！」

「底下，你的腳邊。」

「腳？」

賴文善低頭看著自己的鞋子，赫然發現熟悉的臉竟然出現在腳邊。

只不過，那個人的身體被等比例縮小，像是個會自行走動的洋娃娃。

他傻眼，而對方也只是哈哈苦笑。

「我好像縮小了欸，文善。」

「你這白——」

賴文善想要破口大罵，但他卻聽見門外傳來腳步聲，接著就看見門把被壓下來，急忙一手抓起楊光，迅速躲到旁邊的大型熊娃娃身後。

打開門走進來的，是那兩個巨人怪物。

它們的身材如同剛才看到的那樣龐大，走動時還可以清楚看到它們身上搖晃的贅肉，尤其是在這麼近的距離下，更能感受到它們的壓迫感與危險性。

躲在暗處的賴文善連呼吸都開始變得有些困難，因為緊張，手掌心不停冒汗，但他仍小心翼翼將縮小的楊光護在胸口。

楊光自知理虧，加上現在危險就在眼前，完全不敢吭聲。

萬幸的是，巨人怪物並沒有發現他們溜進來的蹤跡，就連楊光喝完的彈珠汽水罐也沒發現。

賴文善看著玻璃罐滾著滾著來到另外一側的角落後，才發現那個地方累積了不少同樣的玻璃罐。

這兩個巨人該不會很愛喝彈珠汽水？不，但這不能解釋楊光身體變化的原因。

現在賴文善只能合理解釋，冰箱裡的那些彈珠汽水絕對不是普通的飲料，喝下去之後能夠讓人改變體型，如果是這樣的話，就可以理解為什麼它們能夠穿過通道。

就在這時，他想起在進入通道前發現的玻璃碎片。

若他想的沒錯，那麼當時他看到的玻璃碎片很有可能就是這些彈珠汽水瓶被砸碎後的模樣。

"Well done."

賴文善嚇了一跳。

他清楚看到那兩個巨人怪物抬起頭看著牆壁上出現的文字，而這跟他剛踏入這個世界時見到的那串文字十分相似。

毛骨悚然的感覺讓他不由自主地顫抖，彷彿回想起誤入這個世界時的那分恐懼、慌亂以及不安。

"Kill everyone, keep making those things."

這兩個巨人怪物只是順從地遵從文字下達的指令，它們彷彿沒有自行判斷的能力，甚至在看到這些文字後興奮地用尖銳的聲音大笑。

文字很快就消失不見，巨人怪物像是在等待下次出擊的指令一樣，默默移動到玩具堆裡，開始玩玩具，就像個聽話的孩子。

很難想像它們竟然就是親手製作那些怪物的人。

賴文善確認巨人怪物的位置，趁它們沒有注意的情況下，從它們剛進來的門溜出去。

一踏出那間夢幻似的玩具屋，刺鼻的惡臭味立刻探入鼻腔，差點沒讓他反胃到吐出來。

「嗯！唔嗯……」

賴文善扭緊眉頭，努力壓抑想吐的衝動，摀著口鼻，用外套遮住楊光，急匆匆穿過這個地方。

這裡比他想得還要糟糕，牆壁和地板都布滿著像血管一樣的東西，踩在地面的感覺就像是踩在軀幹上，需要花點力氣才能不讓自己摔倒，順利往前走。

更糟糕的不只是這樣，因為他找不到出口。

別說門，就連窗戶也沒有——

「該死。」賴文善臉色蒼白，「難道說出口只有那個通道……」

現在楊光變成這樣，只靠他一個人根本爬不上去，但他們也不可能繼續待在這個地方。

楊光很自責地探出頭，「對不起，文善，都怪我亂吃東西。」

「……算了，如果你沒亂吃我也不會發現那瓶彈珠汽水的作用。」

他並不想責怪任何人，因為沒有意義。

現在他只希望能找到其他出路，否則就得想辦法和那兩個怪物周旋後從通道鑽出去——想也知道，這是幾乎不可能的事。

「我的身體該不會不能恢復吧？」

「那兩個怪物都能恢復，就表示藥水有時間限制或是能讓身體變回來的道具，只要找到就好了。」

賴文善邊說邊四處張望，期待能發現新的線索。

然而認真搜尋的賴文善卻因為嗅覺被嚴重刺激，而降低了戒心，導致沒能發現從身旁逼近的巨大黑影。

等到他發現的時候，巨大的拳頭已經距離他的頭不到十公分的距離。

碰！

賴文善憑藉自身的爆發力，即時躲開。

但他無法理解，自己怎麼可能平安無事？明明剛才給他逃走的時間根本不夠。

難道說，是楊光的能力？但他究竟做了什麼？

「文善！快跑！」

懷裡的楊光突然大叫，這才拉回賴文善的注意力。

與此同時，巨人們正面露凶光地同時朝他進攻。

「該死！」

賴文善知道以自己的速度，根本拚不過這兩個怪物的腳力。

不過他同時也注意到那些像血管布滿在整個房間裡的管道，正因為巨人們的暴走而被破壞，瞬間從館內噴出大量鮮紅色液體。

賴文善眼眸中的銀光瞬間發亮，因為他能夠立刻判斷出這些紅色液體就是鮮血，而這正是他需要的。

「嘖！只能試試看了。」

賴文善輕輕抖動右手的食指，接著將手迅速向上揮。

那些噴灑出的鮮血瞬間化作尖刺，如同串丸子般貫穿巨人怪物的身軀。

巨人怪物停了下來，賴文善立刻趁這個機會轉身逃進剛才的玩具屋。

離開前他不忘去搜尋冰箱，果然在裡面發現另外一種顏色液體的彈珠汽水罐。

雖然沒辦法保證這個想法是否正確，但現在他也沒有時間確認，只能硬著頭皮賭賭看。

「喝下！」

「可、可是這瓶子有點大……」

才剛開始爭論，整個玩具屋就開始劇烈搖晃，這讓他們立刻就閉起嘴巴。

賴文善二話不說，把楊光放在地上，直接打開彈珠汽水倒下去。

楊光頓時有種在瀑布修行的感覺，甚至還被汽水裡的二氧化碳嗆到。

「咳咳咳……」

在他瘋狂咳嗽的同時，慢慢睜開眼，發現自己能夠和賴文善平視，這才意識到自己已經恢復原來的大小。

「幸好我賭對了。」

賴文善鬆了口氣，接著兩人就看到玩具屋的門被巨人怪物撞飛。

巨人怪物搖搖晃晃地走進來，布滿血絲的眼眸，惡狠狠地瞪著兩人。

楊光顧不得身上還黏答答，立刻將賴文善護在身後。

「這下事情變得糟糕了，文善。」

「……沒事，只要從通道鑽出去就好，它們想追上來還得先把身體縮小才行。」

楊光看了一眼通道位置後，點點頭。

「明白。」

他可不能總讓賴文善看到自己不可靠的那一面，這回，他得好好表現才行。

粗大的手指，像是香腸一樣——雖然腦海瞬間閃過這個念頭，不過賴文善覺得用香腸來形容這些怪物，反而有種對食物不敬的感覺。

畢竟這兩個臃腫的巨大怪物，並不能跟美食劃上等號。

巨人們很快就發現躲在房間裡的賴文善和楊光，而他們兩個當然也沒有要躲起來的打算，因為那只不過是在浪費時間。

他們現在要做的就是盡快離開這個地方，把在這裡看到的情報告訴秦睿。

那段浮現出的文字，很有可能是某個能力者的能力，雖然不知道這些怪物為什麼會如此服從，但至少這點足夠證明有人利用對能力者有利的物品情報，拐騙其他人來到這個地方。

這對他們來說可不是什麼好事，無論是他們還是其他團體，都需要留意這種針對行為。

巨人搖搖晃晃，看上去很笨重，但是兩條腿卻格外靈活。

他們用子彈般的速度接近兩人，賴文善迅速抬手，準備好操控房間外的血液過來協助，沒想到不過眨眼時間，兩隻巨人怪物就像是突然被什麼東西擊中般，穿過玩偶堆積而成的小山丘，飛撞到左右兩側的牆壁上去。

碰！咚！

兩聲巨響加上牆壁凹陷而揚起的塵埃，在賴文善驚訝的閃亮瞳孔裡，清楚看見那閃動著金色眼眸的楊光，手裡拿著不知道從哪撿來的不鏽鋼管，站在兩個巨人怪物出現的地方。

他手中的不鏽鋼管上殘留著血跡，甚至因為力量過大而凹陷、扭曲，而楊光也只是毫不留戀地將手鬆開，任意將它扔在地上。

接著下一秒，他的身影再次消失在賴文善眼前。

眼睛完全跟不上楊光移動速度的賴文善直到再次聽見怪物的悲鳴，才知道楊光出現的位置，而這次他拿著從旁邊撿來的玩具積木，將尖角直接插進怪物的左眼裡。

被破壞眼珠的怪物發出撕心裂肺的吼叫聲，而這時另外一個巨人怪物也已經衝上前，準備攻擊踩在同伴身上的楊光。

楊光才剛回頭準備反擊，沒想到眼前突然出現數條紅色尖刺，分別從左右兩側直接把怪物正要攻擊楊光的那隻手臂刺穿。

尖刺不但阻擋了怪物的攻擊，同時也在拔出後，直接把它的手臂撕碎。

怪物再次發出尖銳的叫聲，那個聲音刺耳到讓人頭暈，賴文善只能用力摀住耳朵，盡可能減少耳膜受到的影響，但楊光似乎不在乎。

他抬起腿，往手臂爛掉的巨人怪物下巴踹過去。

此時被他踩在腳下、缺少左眼的怪物則是立刻伸手抓住他，緊緊將楊光握在手掌心裡。

賴文善嚇了一跳，他的反應速度太慢，結果反而沒能幫上忙。

但他的擔憂很快就變得沒有意義，因為楊光「再次」消失不見，而下一秒就看到他已經踩到怪物的鼻子上，狠狠往他的右眼踩下去。

趁著失明的巨人怪物開始抓狂之際，楊光跳下來，立刻跑回賴文善身邊，並抓住他的手往通道口跑過去。

「快趁現在！」

「知、知道了。」

賴文善的反應還有些慢半拍，但很快他就放棄思考，專注逃離。

兩人來到牆邊，抬頭看著兩層樓高的通道口，周圍沒有東西可以抓，要這樣直接從光滑的牆面爬上去幾乎不可能。

與此同時，毀掉一條手臂的怪物也重新朝他們攻擊。

這回賴文善的反應比楊光稍微快一點，他勾動手指，將殘留在地面的血跡迅速變為繩子，緊緊捆住怪物的雙腿。

怪物被攔截，重心不穩撲倒在地，整個房間因為它的體重而被震到牆面龜裂，天花板也開始掉落幾塊水泥碎片。

兩人這時才注意到，這個房間其實沒有想像中那樣穩固。

「文善……快走！」

「我知道。」

賴文善用力一揮手，大量的鮮血掠過巨人怪物頭頂撲向他們，並在牆壁上形成小型階梯。

此時，巨人怪物已經靠著自身蠻力擺脫血繩的束縛，朝他們衝過來。

楊光用力把賴文善往上推，當他順利進入通道的同時，巨人怪物的手已經逼近楊光，幾乎快要抓住他的腳踝。

「楊光！」

賴文善聽見通道外傳來巨響，但是卻沒有看見楊光的身影，臉色鐵青、心跳飛快地盯著通道口看。

一秒過去、兩秒過去……

就在他緊張到差點忘記呼吸的瞬間，楊光輕鬆地跳上來，鑽進通道。

賴文善頓時放下心中的大石頭，衝過去抱住他。

楊光嚇了一跳，原本想催促賴文善趕緊往裡面鑽，但懷中的身體卻不斷顫抖，讓他只能先選擇安撫受到驚嚇的賴文善。

「我沒事，走吧。」

「……嗯。」

慢半拍發現自己反應過度的賴文善，不好意思地轉過身背對楊光。

雖然通道裡很暗，但楊光卻能清楚看見賴文善紅通通的耳尖。

他們很快就爬出去，順利回到充滿血腥味的地下道，原以為沒有巨人怪物的追逐多少可以安心點，但從黑暗處傳來其他怪物的爬行聲，讓他們知道現在沒時間休息。

他們得離開這裡才行。

「怎麼辦？要回去剛才的屍體堆那邊往上爬嗎？」

「看來只有這樣了，不然這裡是死路……咦？」

賴文善愣在那，直勾勾的盯著深處位置看。

楊光覺得他的反應有些奇怪，便順著他的視線看過去，但是沒發現什麼奇怪的地方。

「發生什麼事？你看到怪物嗎？」

「不、不是……」

賴文善垂低眼眸，慢慢往深處走，楊光仍寸步不離地跟在他身旁。

會讓他這麼意外並不是別的原因，而是原本被鐵欄杆封住的通道底部，似乎被某種強大的力量破壞，鐵欄杆被扭曲、折斷，甚至靠近後還能感受到有風吹在臉頰上。

很顯然，走這裡的話應該能順利找到新的出口，但賴文善卻裹足不前。

能夠彎曲跟手臂一樣粗的鐵欄杆，甚至將它徒手折斷，可不是普通人能做到的，也不認為這會是其他能力者做出來的好事。

除他們之外，不可能有其他傻瓜跑到這種地方來。

水泥通道外的怪物腳步聲，越來越接近他們所在的位置，賴文善雖然還有些遲疑，但如今他們也只能選擇走這條路。

「走吧。」

賴文善朝楊光伸出手，楊光眨眨眼，盯著他看了幾秒後，露出燦爛的笑容，乖乖牽著他的手一起踏入黑暗的通道裡。

在兩人的身影慢慢被黑暗吞噬後，扭曲的鐵欄杆上，出現一隻慵懶的長毛貓。牠瞇起眼注視兩人消失的方向，嘴角漸漸上揚到半張臉的高度。

在這之後，牠的身體像溶解般慢慢消失，只留下眼睛和嘴巴的部分，並搖搖晃晃地跳回地面，跟在賴文善和楊光身後，獨身步入黑暗。

／

「呃，這樣我們算出來了嗎？」

「算吧，至少不是在便利商店裡面了。」

穿過漆黑的通道，忍受不安和低溫的兩人，花費十多分鐘時間好不容易重新看見外面的世界。

然而，身處的陌生環境以及眼前一大片沒有半個建築物的樹林，卻讓賴文善產生自我懷疑。

拿出手機確認位置後，他才發現原來這條通道的出口是便利商店所在的山丘後方，雖然距離不遠，但是過於陡峭的山壁以及空無一物的樹林，很顯然沒有辦法從原路返回。

如果想要回去和楊光的同伴會合，或是重新進入便利商店的話，只能從山腰位置繞一大圈回去，除此之外沒有其他選擇。

賴文善對樹林並沒有什麼好印象，尤其是眼前這片樹林格外陰森，加上又是從那兩個巨人怪物的巢穴走出來的出口，直覺告訴他，千萬要小心行動。

「我們沿著山壁往回繞吧。」

「好，但是先等我一下。」楊光壓住耳朵裡的通訊器，刻意和賴文善拉開距離，「我先用通訊器和昌哥連絡，看看他們那邊的情況，順便把剛才的發現跟他回報，昌哥的話可以立刻把情報回傳給秦睿。」

「這麼急幹嘛？」

「秦睿的話可能會知道些什麼，還有剛才那兩個巨人……我以前從沒見過它們，而且它們有能夠創造其他怪物的能力，必須要早點讓秦睿知道這件事才行。」

「好吧，那我就坐在這休息。」

賴文善找了塊看起來還算平坦的大石頭，盤腿坐在上面看著楊光認真和昌哥取得連絡的表情，無聊地打哈欠。

他自己也需要時間好好釐清剛才所見到的事實，尤其是那些自動生成的文字。

雖然因為距離的關係，他無法完全確定文字是否相同，但光是出現的方式一樣這點就足夠讓他相信那跟他剛來到這個世界時所見到的「警告」，是出自於同個人。

就算有可能是某個人的能力，但，直覺告訴他，事情並沒有想像中那樣單純。

「喵。」

「嚇！嚇我一跳……」

賴文善完全沒注意到有隻長毛貓湊到自己腳邊，牠並沒有過來貼近蹭毛，只是優雅地坐在地上，瞇眼舔爪，整理毛髮。

「你是從哪冒出來的？」

他並不怕貓，但是他相信在這種地方絕對不會出現「普通的貓」。

尤其是在他們遇到怪物後沒多久的這個時間點。

長毛貓在聽見他說的話之後，並沒有什麼反應，只是用牠那雙圓滾滾的眼珠子盯著他看。

是很可愛沒錯，但賴文善卻覺得有點毛骨悚然。

他慢慢起身，打算撇開這詭譎的貓，往楊光的方向靠過去，沒想到他居然聽見貓咪發出更奇怪的叫聲。

「喵嘻嘻嘻。」

賴文善僵住身體，不敢回頭，但卻發現那隻長毛貓不知道什麼時候跑到他面前，優雅地甩著尾巴，坐在他要前進的路線上。

「呃！」

原本不打算和牠對視的賴文善，根本來不及閃避視線，就這樣和那雙眼睛再次四目相交。

同時貓咪面前的地面，出現了一段文字。

"God bless you, dear Charles."

賴文善並不清楚牠在說誰，但很快的這隻貓就像溶化在空氣中一樣，慢慢從頭開始消失，直到剩下那條不停甩動的尾巴。

尾巴沒有消失，而是順著身體移動的軌道轉半圈後，高高升起，並以悠哉的步伐向樹林深處走過去。

直到看不見那條尾巴為止，賴文善才終於鬆口氣，全身癱軟地跌坐在地上。

當他再次看向地面的時候，果然，那段文字也已經消失不見。

「……是那隻貓幹的好事？」

他呆呆望著貓鑽進去的樹叢，完全沒注意到楊光正緊張地朝他跑過來。

「文善！」楊光臉色鐵青地蹲下身，緊緊抓住他的肩膀，「你沒事吧？我剛剛一回頭就看到你不見了，差點嚇死……咦？你的眼睛……」

「什麼？怎麼了嗎？」

楊光露出很奇怪的表情看著他，加上又提到眼睛的關係，讓他下意識地用手指觸碰自己的眼角。

奇怪，有點溼潤，但他剛剛沒有哭啊？

正這樣想的賴文善，慢慢把手指挪到眼前，這才發現沾在手指上的並不是眼淚，而是鮮紅色的血跡。

他流血了？怎麼會，他明明沒有受傷。

「抱歉，我也不知道怎麼會流血……呃！等、等一下！」

楊光根本不想聽他解釋，立刻將他整個人橫抱在懷中，表情凝重到像是在生氣的樣子，讓賴文善不知道該不該和他搭話。

「你冷靜點，我沒事。」

他是真的沒事，但不知道為什麼，才剛說完這句話，他的腦袋就瞬間斷片兩秒鐘，這把他嚇了一大跳。

當然，抱著他的楊光也把他剛才短暫昏厥的瞬間看得一清二楚，整張臉變得比剛才還要更臭。

「我現在就帶你回去。」

「不，不用，我只是需要……」

這次，賴文善並沒有把話說完，因為他直接昏過去，完全失去意識。

他只記得最後看到的，是楊光蒼白到不行的慌張表情，明明看到他開口對自己說話，卻聽不見他的聲音。

記憶到此中斷，當他再次醒過來的時候，他人已經躺在床上，看著熟悉的天花板發呆。

「嘖，好痛……」

賴文善艱難地起身，這種像是喝醉到失憶的感覺非常糟糕，而且他的頭就像是被人用拳頭打過一樣，痛到不行。

除此之外，視線還有點模糊，像是雙眼被薄紗覆蓋的感覺，看得不是很清楚。

「文善！」

忽然，焦急的聲音從門口傳來。

他才剛抬起頭，就被飛撲過來的身軀重新壓回床上，差點沒咬到舌頭。

「我要被你壓死了，楊光。」

即便沒看清楚人是誰，賴文善也能透過聲音知道撲過來撞他的人是誰。

楊光臉色蒼白，二話不說就爬起來，雙手捧著賴文善的臉，直接拉近到眼前仔細看。

賴文善眨眨眼，一臉狐疑，不懂他到底在幹嘛。

「你的眼睛……我有昏倒這麼久嗎？」

楊光的瞳孔已經恢復原本的顏色，也就是說他昏過去很長一段時間，久到能力都消失了還沒醒過來，也難怪會讓人擔心到這種地步。

「不，你大概睡了四個小時多而已。」

「四個小時？這樣算起來你的能力應該還沒消失才對啊？」

「嗯……『正常』來說是這樣沒錯。」在確認賴文善沒有大礙後，楊光把掌心從他的臉頰上挪開，轉而握住他的手，一臉嚴肅地說：「你昏倒之後我原本打算立刻把你帶回來治療，可是那間便利商店卻突然崩塌，接著我跟昌哥還有其他逃出來的能力者，全都暫時失去了能力。」

「什麼？倒塌？那其他能力者呢？」

楊光聽到賴文善關心其他能力者，心裡不是很高興，但還是乖乖回答：「其他人我不太清楚，但我們這邊的人都沒事。」

除本來就在外面的昌哥之外，另外兩名早他們一步進入便利商店的同伴也在那之前就順利離開，所以他們並沒有受到損傷，可是其他能力者恐怕就沒那麼幸運。

當然，這種事他不會跟賴文善說。

光是想到賴文善會去擔心那些無關緊要的人，楊光的心裡就很不是滋味。

在聽見楊光說的狀況後，賴文善陷入沉思。說真的他完全沒想到在那之後竟然會變成那種情況，雖然他不覺得跟那兩個巨人怪物有關，但是腦海裡卻仍不由自主地浮現出那隻行蹤詭異的貓咪。

他無法確定那隻貓咪是怪物還是什麼其他東西，但牠很「危險」的事實是無庸置疑的，而且那些文字似乎也是牠搞的鬼。

便利商店崩塌的事，搞不好也跟那隻貓有關，也就是說那隻貓的能力遠比他們之前遇到過的怪物都要來得強大可怕。

如果是這樣的話，可以合理推論那隻貓就是向那兩個巨人怪物下達指令的幕後黑手，畢竟那種怪物絕對不可能聽從比自己還弱的人，除此之外，在昏過去前所看到的那段「句子」，也讓賴文善十分在意。

「文善，你的眼睛沒有任何不舒服嗎？」

「除了還有點看不太清楚之外，沒什麼不妥的地方。」賴文善摸摸自己的眼角，歪頭反問：「怎麼了嗎？你從剛才開始就有點奇怪。」

「因為文善你眼睛流血後就昏過去了，我真的快被你嚇死！」

賴文善很驚訝地瞪大眼，思考半晌後，恍然大悟。

他想起來了，當時他發現眼睛流血後沒多久便失去意識。

眼睛出狀況……是因為他看了那段文字的關係？不，如果是這樣的話早最開始在樹林裡見到的時候就應該會有這種情況發生。

看來並不是「文字」的問題，而是那隻貓。

因為他看到了不該看的東西，所以「眼睛」受損——這樣想的話就比較合理，可是他並不認為自己是因為眼睛受到傷害，而是腦部。

光靠眼睛那點血，不可能會導致失去意識這種情況發生，那隻貓肯定對他的腦袋動了什麼手腳。

「我當時除了眼睛流血還有什麼狀況嗎？」

「咦？」楊光似乎沒想到賴文善會用這麼冷靜的口吻提出問題，先是愣了下，接著才回答：「還有就是……你的眼睛沒有發光。」

「你是說我的能力消失了？」

這麼看來，那隻貓的目的很明顯是透過控制他的大腦，強制提早結束他的能力啟動時

限，估計是因為他用這個能力傷害那兩個巨人怪物吧。

再怎麼說那兩個怪物也是那隻貓的人，而且他很明顯干擾了牠的計畫。

「文善，你是不是有什麼事情瞞著我？」

「……沒有，你別想太多。」

「真的嗎？」

楊光再次把臉湊近，銳利的眼眸緊緊盯著賴文善的臉，讓他心虛到冷汗直冒。

他還以為楊光會固執地追問當時發生的事，但沒想到他很快就放棄，只是嘆了一口氣就不再強迫他解釋清楚。

雖說賴文善終於能鬆口氣，不過他還是有點小心翼翼地觀察楊光的臉色。

「我們就這樣直接回到房間了？」

「秦睿姑且有派治療師過來看你的狀況，對方檢查後說你只是睡著而已，眼部也沒有受到傷害，睡醒就沒事。」楊光皺緊眉頭，看上去並沒有因為診斷正常而感到開心，倒不如說變得比之前還要焦躁。

賴文善湊過去，和他肩貼著肩，「我真的沒事。」

「看到你昏倒那瞬間我真的差點沒被嚇死！」

「我知道，抱歉。是我讓你擔心了。」

賴文善主動握住楊光的手，與他十指交扣。

可能是他撒嬌似的安撫行為真的產生效果，楊光看了他一眼之後，就把頭靠在他的肩膀上。

「哈啊啊啊——果然我不能離開你半步！」

光是聽到這句話，賴文善就可以想像他之後肯定會被楊光管得死死的，恐怕會比現在還要沒有自由，但沒辦法，畢竟會變成這樣他也有錯。

就不該去搭理那隻貓的，本來這個世界就很不正常，就算外表再普通，也絕對不可能出現安全又可愛的小貓咪。

「話說回來，你把那兩個巨人的事情告訴秦睿了沒有？」

「講了，秦睿的反應還挺普通的，我以為他會很驚訝。」

「也就是說，是秦睿知道那兩個巨人是什麼東西吧。」

「應該是，身為情報販子的老大，他幾乎沒有不知道的事。」

聽到楊光這麼說，賴文善也開始考慮是不是要把那隻貓的事情告訴秦睿，不過直覺告訴他先暫時保密比較好。

「秦睿說等你睡醒再過去找他，他似乎是想直接找你問清楚。」

「既然如此，我們現在就出發吧。」

「不行！」楊光拉住想要起身的賴文善，抱著他重新躺回床上去，「你要休息，秦睿的事情沒那麼急，我不希望你才剛醒來就得忙著去應付這些問題。」

「可是這種事情還是早點解決比較好。」

「那也不是今天該處理的，更何況秦睿現在去那間便利商店查看情況，一時半刻不會回來。」

「他自己去？」

「你不用擔心，有人會陪他。」楊光邊說邊輕拍賴文善的背，像是在哄孩子般對他說：「快點休息，你現在眼睛還有點不舒服對不對？不要勉強自己了。」

「呃、你怎麼知道……」

「你眨眼的次數比平常還多。」

「這你也能看得出差別？」

「當然。」

「……好吧，知道了。我睡就是。」

因為掙脫不了，加上楊光的堅持，賴文善最終還是只能在他懷裡妥協。

原以為自己剛睡醒，沒那麼容易入睡，可是等回過神來的時候，賴文善卻已經閉上眼，進入夢鄉。

抱著他的楊光聽著他平順的呼吸聲，更用力地將他摟入懷中。

「好好休息，文善。什麼都不用擔心，我會陪在一直在你身邊的。」

楊光口中喃喃念著，像是在說給自己聽，也是在向賴文善再次許下承諾。

在經歷過這次的事情之後，楊光覺得自己不能再像以前那樣渾渾噩噩地過生活，為了賴文善，他必須變得更強、強到沒有人能夠贏得了才行。

只有這樣，他才能對付在暗處窺視著賴文善的「危機」。

／

在崩塌為水泥塊的便利商店上方，一名穿著卡其色風衣的男人面色凝重地盯著腳邊的殘骸看。

水泥塊底下充滿著屍體的惡臭以及鮮血的氣味，相當濃烈，即便是在開闊空間也無法將這味道驅散。

他的眼眸黯淡無光，沒有夾帶一絲恐懼或是不安，而是以高高在上的態度審視眼前殘破不堪的場景。

突然，不遠處的水泥塊底下衝出黑色的影子，六條手臂連結在軀幹側腹位置的怪物，從便利商店的殘骸裡爬出來。

三隻……不，可能還有更多，它們不但完好無缺，而且還很快就發現男人的存在，並立刻對他發動攻擊。

男人不予理會，甚至連看也沒看一眼，就這樣任憑怪物撲向自己。

但，怪物們並沒有成功傷害到男人，連接近他都做不到。

深藍色的夜空下，黑色影子由四面八方撲向怪物，如繩索般捆住它們的四肢以及軀幹，僅僅不到幾秒鐘時間，所有的怪物都被限制了行動，無法動彈。

而下一秒，身穿黑衣的少年以飛快的速度從男人身旁跑過去，拔出掛在腰間的武士刀，以肉眼看不到的速度穿梭於這群怪物之間。

當他站到最後方並停下腳步，將刀刃上的鮮血往旁邊一甩的同時，這些怪物全都被切割成肉塊，隨著噴灑出來的大量鮮血，沉重地掉落在水泥塊之上。

少年將刀收回，轉頭對著那沒有任何動靜，甚至連躲都不打算躲的人皺緊眉頭，以眼神表示自己內心有多不爽。

那雙如深淵般漆黑的瞳孔，閃動著如月色般皎潔的白光，曝露在黑夜之下的眼睛，遠比這個地方帶給人的恐懼感，還要令人屏息。

「你在搞什麼？居然自己一個人跑來這種地方，甚至連能力都沒有啟動……是不要命了嗎？睿哥。」

「有你在我根本沒什麼好擔心的吧，而且我的能力也沒辦法保護自己，有沒有啟動根本沒什麼差別。」

「就算是這樣，你也該找你的同伴一起行動，那群傢伙裡應該也有可以保護得了你的能力者吧？」

「就算那些笨蛋能力再強，也沒有能夠打得過你的傢伙在。」秦睿邊說邊勾起嘴角，雙手環胸，態度傲慢地反嗆：「再說，你一直都在暗中監視我，我如果一個人跑到這裡來，你有可能不乖乖跟過來？」

「你這傢伙真是……」

由於秦睿並沒有說錯，少年反倒無話可說。

他頭痛萬分地扶額、大口嘆氣後，大步走到秦睿的面前。

「所以，你跑來這裡幹什麼？」

「楊光說有人刻意在這裡製造陷阱，引誘其他人還有能力者過來，謝恩維那蠢貨提供的情報果然是空穴來風。」說完，秦睿直勾勾地盯著少年的臉龐，「所以你才會跑過來提醒我留意點不是嗎？」

「是沒錯。」少年看了一眼散落在水泥塊上的屍體，「但我沒想到會看到這種奇怪的東西。」

「楊光說它們是兩隻體型巨大的怪物利用屍體『製作』出來的。」

「……什麼？」出乎意料之外的情報，讓少年難得露出驚訝的表情，「那傢伙是怎麼得到這種情報的？」

「其實是他的伙伴發現的，這種怪物在其他地方都沒遇過，就連我也是第一次看到，而且估計見過它的人都死了，要不然不可能連半點風聲也沒有。」

「你的意思是，故意把人拐到這個地方來的那群傢伙並不知道這個怪物的存在？」

「如果他們只負責放假情報的話，那就有可能不清楚。估計他們也不過是被人利用的棋子。」

「既然如此，那到底是誰……」

「直接找那些傢伙問清楚是最快的。」秦睿說完，就從水泥塊上跳下去。

少年緊緊跟隨在他身後，維持著半步路的距離，完全不打算給人留有襲擊的空隙，而有這樣的保鑣陪著，秦睿自然也很放心。

「那，楊光提到的『體型巨大』的怪物又是怎麼回事？」

「估計是半斤八兩它們。」

「你說那兩個瘋子？但他們不是很久沒動靜？」

「沒出現不代表死了或是消失。」

「……如果真是它們的話，那麼事情可能有點不對勁。」少年邊說邊摸著下巴深思，「這樣的話，我可以理解你為什麼會突然一個人行動，也就是說，你懷疑『Original』出現了對吧。」

「嗯，雖然我也不想這樣懷疑，但如果真是『Original』的話，我們不能坐視不管，『這一次』必須把它給找出來。」

「當然。」少年走上前，從背後緊緊抱住秦睿，「只要是你的願望，我絕對會無條件幫助你。」

「小屁孩說什麼大話，等你毛長齊了再說。」

秦睿一掌壓住他的臉，把人用力推開。

明明對方比他矮小，力氣卻大得誇張，怎麼樣都沒辦法把他從自己身上趕走。

很快地秦睿就選擇放棄掙扎，少年也因此露出笑容。

「再過幾個禮拜我就滿十八歲了，睿哥，你沒忘記之前答應過我的約定吧？」

「嘖，記憶力這麼好幹嘛？」

「只要是跟睿哥有關的事，我都不會忘記。」

「……隨便你。」

秦睿的聲音聽起來有些軟弱無力，但少年卻可以從他的語氣裡清楚感受到，秦睿並沒有認真拒絕他。

一直以來都是這樣，因為秦睿過分的溫柔以及妥協，讓他幾乎可以確定秦睿的心裡並不是沒有自己的存在。

「現在只有我們而已，你可以喊我的名字沒關係。」

「搞什麼？突然講這種話……我現在很忙。」

「我也很忙啊，忙著追在你屁股後面跑。」

「你這小子真是……唉。」

秦睿扶額嘆氣，他停下腳步，轉頭面對這個心智年齡永遠無法成熟的小鬼。

再將手伸出來之前，秦睿仍有些猶豫，但少年卻主動把頭靠近他的手，主動磨蹭，這種可愛的行為反而把他嚇一跳。

「睿哥？」

少年握住他的手，將掌心貼到嘴唇上面，輕輕一吻。

也許是被他的溫柔折服，也許是因為那雙盯著他的眼睛讓他確信，自己永遠都無法逃離他身邊，秦睿垂下眼，含糊不清地喊了他的名字。

「……閉上你的嘴，申宇民。」

「知道了，我可愛的睿哥。」

秦睿把手抽回，繼續往前走。

申宇民踏著雀躍的步伐跟在他身後，兩個人就這樣以輕鬆的氣氛慢慢進入瀰漫死亡氣息的樹林。

進入樹林沒幾分鐘後，便能看到有群人停留在前方的空地處，似乎是在等待他們到來。

當那些人見到秦睿跟申宇民，立刻低頭並單膝跪地，獻上最高的敬意。

秦睿雖然不是第一次受到這種待遇，但他就是沒辦法習慣。

「情況如何？」申宇民從秦睿身後走出來，來到這群人面前，以至高無上的態度和這些明顯年紀比他大的人說話。

「是，已經追查到那些人的下落，向謝恩維提供錯誤情報的人也在。」

其中一名滿臉鬍渣的大叔，十分恭敬地回答申宇民的問題，其他人在這段時間只是一直低著頭，沉默不語。

「如您預料，只要提供足夠的人數進入那間便利商店，就可以得到『獎勵』，獎勵品就是能夠讓能力短暫增幅的道具，不過使用過後會有很強烈的副作用。」

「副作用？」

「可能是增強能力的關係，能力啟動時間結束後會持續維持興奮狀態，簡單來說就是會變成瘋狂想要跟人做愛的情況。」

「原來如此，看來關於這整件事的情報也不完全是謠言。」

「半真半假的情報本來就更難看出破綻。」秦睿忍不住開口，但卻不屑地冷哼，「那些傢伙還算有點腦袋，要不然也不會有這麼多人上當。」

「哈……光是想利用藥物來增加能力這點，就已經足夠證明那些傢伙有多弱。」申宇民煩躁地撩起瀏海，很不願意聽見秦睿稱讚那些傢伙，繼續追問那名大叔：「那些傢伙不也是在到處抓人，強制啟動能力嗎？」

「最近是滿多小團體在做這種事的……」大叔抬起頭，有些不安地看了秦睿一眼，但他的視線很快就被突然亮在眼前的武士刀擋住。

「看什麼呢你。」

「非、非常抱歉！」

雪白的劍身映照出大叔臉上露出的恐懼表情，他立刻把頭垂得更低，不敢再輕舉妄動。

而面對申宇民這種表現過度的占有欲，秦睿也只能搖頭嘆氣。

「總之你的人把那些傢伙抓住了就好，別隨便殺掉他們。」

雖說這個地方並沒有所謂的律法可管，但幾個人數多或是能力較強的團體中的老大，為維持和平共存的關係，創立能力者之間的規矩。

如果不這樣做的話，他們這些能力者就只能任由怪物宰割。

「申宇民，我要見那些傢伙。」

「……什麼？」

申宇民的聲音，很明顯參雜著不爽的情緒。

秦睿並不打算把他的顧慮放在心上，而是再次以嚴肅的態度提出要求。

「我有事情要確認。」

「嘖，知道了。」

申宇民並不想讓秦睿跟那些傢伙見面，可是他卻無法拒絕秦睿。

他朝那些跪地的人使了個眼色後，這些人立刻起身、消失在樹林裡，同時申宇民的身體也被腳底的影子慢慢包圍。

「睿哥，到我這邊來。」

他朝秦睿伸出手，秦睿也沒有猶豫，直接握住並任由他把自己拉入懷中。

接著大量的影子形成龍捲風，瞬間將兩人吞噬其中。

短短幾秒鐘時間，暴風便停止，隨著影子沉入地面，兩人也消失在這片樹林裡，就像從沒來過一樣。

Chapter 09 陰謀

賴文善雖然有猜到秦睿可能會來找他，但是沒想到會是這種場面。

楊光被眼睛發亮的同伴壓制在地上，不斷掙扎，而秦睿就這樣大剌剌地闖進他跟楊光住的溫泉房，一屁股坐在凌亂不堪、還沒整理乾淨的床鋪上面，翹起二郎腿盯著他看。

即便那張臉上堆滿和藹可親的笑容，但賴文善並不認為秦睿是來做客的。

「秦睿！該死的……快放開我！」

「我要你把賴文善帶過來見我，是你自己把我的話當耳邊風，我才會過來。」

「如果你敢傷害文善，我是絕對不會放過你的。」

「喂喂喂，能不能別把我當成壞人？我們好歹也是同伴。」

秦睿無奈聳肩，但楊光卻咬牙切齒，完全不相信他說的話。

看到他的反應，秦睿並沒有繼續調侃下去，而是嘆口氣。

賴文善覺得有些尷尬，因為楊光只是單方面地對秦睿等人產生敵對意識，可是秦睿卻很明顯沒有這個意思。

當他們闖進房間的時候，楊光第一個就拿起放在旁邊的球棍衝過去攻擊，如果不是這樣，秦睿的同伴也不可能把他壓制在地。

現在他跟楊光兩個人都不是在啟動能力的狀況下，面對眼睛發亮的能力者，基本沒有任何反擊能力，除了乖乖聽話之外沒有其他選擇。

「抱歉，看樣子楊光誤以為我想傷害你。」

「……他會這樣想應該不是沒有理由的吧？」

賴文善並不遲鈍，雖然他隱約覺得楊光不想讓他見秦睿，但是從沒有帶他離開這裡的情況來看，楊光可能認為秦睿不會出手，怎麼樣也沒想到他竟然會帶著同伴闖進來。

從昏迷中醒過來的第二天生活，還真夠刺激的。

「你回來那天，我有讓治療師來看你的情況，楊光應該有跟你提起過這件事吧？」

「嗯，所以呢？你的重點是什麼。」

「還真是急性子……治療師檢查你的身體後發現，你的能力在啟動的狀態下被強制關閉，而且對方是使用侵入大腦的方式，導致你的眼睛受到影響並流血。」

賴文善瞇起眼，他猜出秦睿這麼急著找他，是想確認什麼事了。

原本他還想要隱瞞那件事，但看秦睿的態度，就算他想瞞也瞞不住，要是在這種情況下選擇說謊，那麼就很有可能失去秦睿的信任。

這對他和楊光來說，都不是什麼好事。

而秦睿，也沒打算給他其他選擇。

他抬手示意，壓制楊光的男人便立刻把人扛在肩上，帶著他和其他人退到房間外面去，屋內只剩下他跟賴文善兩人獨處。

賴文善看著那些人關上門，彷彿還能聽見楊光發怒抓狂地大吼著，但老實講，現在的他根本沒心思去理會楊光的情緒問題。

「別管那笨蛋，說吧。」

他知道秦睿是刻意將其他人支開，這也就代表他當初的直覺是對的。

「你是想知道是誰讓我昏過去的嗎？」

「不，這種事我不用問也能猜得出來。在這個世界裡，能夠使用精神性質的力量並強制關閉能力的，只有一個傢伙。」

秦睿抬起眼眸，注視賴文善因緊張而流下汗水的表情，勾起嘴角。

「說吧，一五一十把那隻貓跟你接觸的情況告訴我。」

「哈……哈哈……」賴文善苦笑，扶著額頭，一臉難受。

秦睿竟然能直接了當說出那隻貓的存在，表示他也見過牠，而且還掌握了那隻貓的能力與身分，這讓當初決定隱瞞秦睿的自己變得非常愚蠢好笑。

不愧是靠情報生存的組織，他深刻體會到，絕對不可以輕易背叛率領這群危險人物的秦睿。

「先告訴我那隻貓到底是什麼鬼東西，之後再慢慢談。」

秦睿用食指輕輕點著下巴，似乎是在衡量將情報告訴賴文善的收益有多少。

在考慮過後，他決定和賴文善共享自己知道的部分。

如果說那隻「貓」已經主動接觸過賴文善的話，那麼安全起見，賴文善也必須知道這個世界真正的模樣才行，否則對他們任何人都沒有好處。

「牠外表看起來是貓，但其實是個怪物，嚴格來說牠跟你遇到的那兩個巨人怪物是同樣的存在。」

「……原來如此，所以牠才能夠指揮那些傢伙。」

「指揮？」

「嗯，楊光有跟你說他們在製作怪物吧？那是那隻貓的命令。」

「是嗎……怪不得，我就想說以那兩個笨蛋的智商來講，不可能做出這麼詳細的計畫，原來是牠……」

秦睿喃喃自語，似乎是透過賴文善的回答，釐清了心中的疑問。

賴文善繼續說道：「那隻貓是透過文字來傳達命令，而且顯示出來的文字，跟我在剛來到這個世界時見到的一樣，所以我才會對那隻貓產生好奇心。」

秦睿一臉吃驚地眨眼，「你說你剛來到這個世界的時候就見到牠？」

「不是牠，是牠顯示出來的文字。」

「這種事我還是第一次聽說，沒想到你這麼早就接觸過那隻貓……不，如果是這樣的話，那麼也就是說你……嘖，真是出人意料。」秦睿嘴裡念念有詞，大多數的話含糊不清，所以賴文善沒辦法聽清楚他說了些什麼。

正當他想問清楚的時候，秦睿卻突然抬頭，差點沒把他嚇死。

「看來得緊急召開『茶會』才行，賴文善，這段時間你和楊光待在這裡，哪都不准去，我會讓其他人把物資帶來給你們。」

「呃，茶會？」賴文善甩甩頭，「不對，你為什麼突然要把我關在這裡？」

「因為你的死活變得非常重要。」秦睿起身，從他臉上僵硬的表情來看，情況似乎不太對勁。

他有些緊張，但更多的是困惑。

秦睿知道賴文善身為當事人，有必要知道這些事，也不打算賣關子。

「賴文善，你的存在很有可能會影響這個世界，而且你將是我們能夠離開這個鬼地方的重要指標，這就是為什麼我要限制你行動的原因。」

「什、什麼？就算你這樣講，但為什麼這麼突然……」

「你見到的那隻貓，是只有在能夠影響這個世界的人面前才會出現的關鍵角色，還有你遇見的那兩個巨人怪物，也是『角色』之一。」

「角色？什麼鬼……你說得好像我們活在劇本世界裡一樣。」

「差不多就是這個意思。」秦睿雙手攤手道，「你聽說過一本叫做《愛麗絲夢遊仙境》的書吧？別告訴我你不知道。」

「再怎麼說我也還是知道世界名著的，所以，這跟你剛才說的話有什麼關係？」

「那隻貓跟巨人都是那本書裡實際登場的角色，他們是柴郡貓跟半斤八兩。」

「……啊？」

賴文善的反應，完全在秦睿的預料中。

他剛開始知道這些事情的時候，也是一臉茫然和不信，但待的時間越長，接觸的祕密也會漸漸增加，而這些情報讓他確定自己所處的世界，是什麼樣的地方。

「我曾說過這個世界沒有出口，是只進不出的地方，你還記得嗎？」

「當然記得。」

「並不是因為找不到出口我才那樣說，而是因為想要知道『出口』的位置，就必須先找出關鍵物品才行，但這個關鍵物品只有一個人能夠取得。」

「你該不會……要說那個人是我吧？」

「對，因為你是受到這個世界的『角色』們所喜愛的人。」

「……什麼鬼東西？秦睿，你在跟我開玩笑嗎？」

「我現在告訴你的都是確實存在的情報，這麼久以來，我們沒有辦法離開，就是因為沒有成功過的關係。」

「意思是你以前也有遇過像我這樣的人？」

「嗯，曾經。」秦睿回想當時的情況後，忍不住嘆氣，「但是因為能力者之間的爭鬥和情報不足的關係，都被殺死了。」

「難道是因為那隻貓對我出手的關係，你才判斷我就是什麼受到喜歡的傢伙？」

「柴郡貓的能力是控制你的腦波，所以你才能看到那些文字，甚至能力被壓制並昏迷，那隻貓見到你的時候有沒有說什麼？」

「是有喊一個沒聽過的人名……但我不知道牠在叫誰。」

「那就對了。」秦睿攤手，「賴文善，那隻貓是想殺死你。」

「你不是說他們喜歡我嗎？為什麼還要殺我？」

「正因為喜歡才要殺掉，雖然半斤八兩缺乏智商所以沒辦法做出判斷，但柴郡貓不同，牠是個聰明且狡猾的傢伙。」秦睿不快咋舌，「牠發現你擁有找到『Original』的資格後，沒有直接殺掉你而是要手段讓你昏過去，就表示牠是在玩弄你，同時也是在暗示牠隨時都可以奪走你的性命，所以才沒有立刻把你殺死。」

從秦睿氣得牙癢癢的表情來看，賴文善強烈感受到他對柴郡貓的厭惡有多深。

雖說他沒辦法完全理解秦睿剛才說的那些話，但坦白說，他並不是沒有察覺到那隻貓對自己的惡意。

除此之外，秦睿還說了很多需要讓他思考的重要情報。

按照正常角度來看，他會覺得秦睿是個重度幻想的瘋子，可是身處於這詭異不正常的世界，讓他不得不接受這些瘋狂的想法。

柴郡貓他還多少聽說過，但半斤八兩又是什麼奇怪的名字？

還有秦睿剛才無意間提到的「Original」和茶會，聽起來不像是什麼好東西。

「總而言之，如果那隻貓出現在你面前的話，你就得比以前更加留意自己的安全，這也是為什麼我得去找其他人舉辦『茶會』的原因。」秦睿以不容許他拒絕的強硬態度說：「你必須跟我跑一趟，別擔心，有我跟楊光在，不會有事的。」

「呃，好吧。聽起來很像是要去開什麼圓桌會議。」

「差不多。」秦睿聳肩，看起來他似乎也不是很喜歡使用「茶會」這個代名詞，「我雖然說會帶你去，但是我不打算把你的事情和其他人說，這樣風險太高。」

「你不信任那些傢伙？」

「對，我帶你去也只是想讓你認識其他人，這對你有好處，而且我們談的內容你也必須知道才行。」

「……既然你都這麼說了，那我也只能乖乖跟過去。」

「謝謝。」秦睿拍拍他的肩膀。

至少賴文善聽得出來，這時的秦睿是真心誠意在向他道謝。

他不覺得秦睿是無法信任的對象，所以僅僅只是對會出席「茶會」的那些人產生好奇。

看來事情比他想得還要複雜，他從沒想過只是見到那隻貓而已，還能搞出這麼多問題。

賴文善嘴裡喃喃念道：「愛麗絲夢遊仙境嗎……」

如果說他們受困於這個故事中，而操控這一切的主因是故事中的那些「角色」——那他還真是誤入了一個瘋狂的世界。

「我會好好期待茶會的。」

「嗯，到時我會再來跟你會合。」

秦睿和賴文善說完後，就聽見外面傳來巨大的聲響，十分吵鬧。

兩人對看一眼，同時嘆氣。

不用想也知道外面為什麼會那麼嘈雜，肯定是楊光幹的好事。

「總之我們先出去讓那傢伙冷靜下來吧……」

「說得也是。」

賴文善苦笑，跟在秦睿身後走出房間。

／

那天過後，秦睿第二次來訪時帶來的是關於散布壯陽藥這項情報的結論報告，由於他認為身為接觸者之一的賴文善和楊光有必要知道，所以這次他並沒有讓人把楊光架走。

當然，楊光一看見秦睿時，表情可說是難看到極點。

「都已經過去好幾天，而且我都跟你說了抱歉，你能不能別再用這種咄咄逼人的眼神瞪著我看？」

秦睿十分無辜，即便他已經跟楊光解釋過，支開他是因為想要在安靜、不被打擾的情況下好好跟賴文善談事情，但是楊光卻沒有接受，甚至嚴重懷疑他是不是想對賴文善做些什麼。

賴文善為了替秦睿解釋，也有幫忙說話，可惜楊光完全沒聽進去。

就這樣在誤會加深的情況下，當秦睿再次出現的時候，氣氛簡直尷尬到極點。賴文善很不想在這種令人屏息的氣氛下談重要的事情，可是他也不可能再把楊光趕出去，這樣做只會有反效果。

在無意間和秦睿視線交錯的時候，他彷彿也看見秦睿眼中有和他一樣的無奈。

最後兩人只好選擇不理會楊光。

「別管他，你今天來是有什麼新情報嗎？」

「嗯，設陷阱這件事情我已經調查結束，因為是和楊光有關係的人，我才會特地過來這一趟。」

原本不打算給秦睿好臉色看的楊光，在聽見他說的話之後，臉色突然變得蒼白，面無血色的模樣與其說是在生氣，不如是因為害怕而動搖。

賴文善發現楊光的表情變化，很明顯秦睿想要告訴他的，絕對不是什麼好事。

他握住楊光的手安撫，接著問：「說吧。」

秦睿先是看了楊光一眼，才緩慢開口。

「那伙人本來就很讓人頭痛，簡單來說就是一群聚在一起的無賴，他們會強迫啟動別人的能力，把強的或是有用處的留下，不需要的則會踢出去，無視那些人的死活。」

「聽起來就是群沒良心的黑道。」

「原本他們只是這樣的話倒還好，但這陣子我聽說他們開始會做些拐騙行為，只不過我知道的情報是他們雖然手段不乾淨，卻沒殺過人，所以我不怎麼把他們當回事。」

「你的意思是，這次他們殺人了？」

「雖然不是透過他們的手，但他們確實參與了殺人行為。」秦睿攤手道：「有人給他們好處，讓他們去散布關於那間便利商店擁有特殊藥品的情報，藉此獲取更有用的道具，接著後面的事情就是你所看到的那樣。」

「查出是誰要他們這麼做的了嗎？」

「當然，只不過那是比較麻煩的對手。」秦睿邊說邊不悅咂嘴，「雖然我本來就不是很喜歡那群人……但這次他們真的太誇張。」

「……你說的那群人，就是楊光以前曾待過的團體？」

「哈，你的反應果然很快。」秦睿勾起嘴角，他就知道在和賴文善聊天的時候，不用花費太多力氣跟時間，他很快就能明白自己想說什麼。

「沒錯，就是那些傢伙，所以我今天才會過來。」秦睿看向皺緊眉頭的楊光，「他們知道你有去那間便利商店，而且也知道我在調查這件事。」

楊光的情緒很複雜，憤怒、恐懼、不安……所有情緒交纏在一起，讓他的思緒變得十分混亂，沒有辦法開口說話。

站在他身旁的賴文善看著他痛苦的側臉，用力握緊他的手。

「你是想說，那些傢伙很有可能會找上門來對吧？」

「不是沒有這個可能，所以我建議你們兩個最近最好小心點。」

「有必要的話就持續保持啟動能力的狀態就好。」賴文善嘆口氣，用坦然的態度回應秦睿，「反正持續啟動能力並沒有什麼缺點，雖然要持續做愛很麻煩，但為了保命，也只能暫時這樣做。」

這間溫泉會館是屬於秦睿的地盤，雖說其他客房也有人住，但他跟楊光住的位置比較遠，所以如果萬一發生什麼事，不一定會在第一時間發現。

他雖然有自信能夠保護得了他跟楊光，但想到性命被盯上、隨時都有可能發生偷襲的情況，還是覺得心很累。

「不用擔心，不會持續太久的。」秦睿向賴文善保證，並以篤定的口吻跟他說：「只要撐到茶會時間就好，我跟你保證，在那之後那些人就絕對不會再打你們的主意。」

「茶會什麼時候辦？」

「大概還要幾個禮拜，抱歉，通知其他人需要花點時間。」

「知道了……我會想辦法撐過去的。」

「我也會讓其他同伴幫忙留意，另外也會找其他幫手過來。」

「嗯。」

秦睿雖然看上去好像很輕鬆的樣子，但他看著楊光的眼神卻充滿擔憂，這讓賴文善意識到，秦睿怕的並不是那些人來偷襲，而是擔心楊光和那些傢伙碰面。

賴文善很想問那些人跟楊光之間究竟發生過什麼事，可是卻問不出口。

面對楊光那雙傷痕累累的眼神，他什麼話都沒辦法說，只能想辦法透過肌膚接觸來給予安慰。

秦睿估計也是希望他能夠保護楊光，才會特地跑來跟他說這些事。

「話說回來，真有那種能夠增強力量的壯陽藥嗎？」

「嚴格來說不是壯陽藥，只是因為需要在能力啟動前服用，才會被這麼認為的吧，我已經親眼確認那東西的藥效，它並沒有讓陰莖持續長時間勃起的能力。」

賴文善不是很想知道秦睿是怎麼確認的，不過也沒想到他竟然知道的如此透徹，聽秦睿的意思，猜想他手裡握有增幅能力的藥劑。

「那種東西肯定有副作用吧。」

「你猜得沒錯，確實有。而且是非常糟糕的副作用。」

「嘖，我原本想說如果好用的話，就讓你給我一點。」

「想都別想，天底下可沒免費的午餐可吃。」

「這點我同意。」

秦睿和賴文善在輕鬆的聊天氣氛下談完，將手邊目前有的情報全部交付完畢後，秦睿很快就離開了房間。

楊光的臉色，直到秦睿離開都沒有好轉。

「抱歉，文善，我想先去休息。」

說完這句話，也沒等賴文善回應，楊光就這樣自顧自地走回臥室。

賴文善並不打算打擾楊光，他知道陽光需要時間獨處，只要楊光願意，他隨時能夠聽他親口說出以前的遭遇，至於他——得先消化秦睿剛才所帶來的情報。

這個世界有許多以能力者構成的小團體，就像秦睿這樣，各自擁有自己的人以及目標，無論行為和做法有些許的不同，但共同的目標就是要在這個該死的世界存活下去。

所以，能夠增強力量的道具，不可能沒有吸引力。

他原本以為包括找人到那間便利商店，成為那些怪物製作同伴的材料這件事，也是那隻貓在暗中搞鬼，但從秦睿剛才告訴他的情報來看，似乎是兩回事。

如果說對方真是那麼棘手的團體，那麼就得像秦睿講的，等「茶會」的時候再來處理，以現在的情況來說，什麼都不要做、乖乖躲好才是上策。

「其他能力者還真是麻煩。」賴文善搔搔頭，大口嘆氣。

擁有這種特殊能力之後，自然而然就會開始將各種人做區隔，能力強的、弱的、有利用價值的、沒有利用價值的，以「能力」來判斷人的價值，進而成為帶有階級取向的社會制度。

這，就是生活在這個世界的能力者所形成的社會型態。

很不湊巧的，是他最討厭的模式。

「總之，先把這些資料讀完吧。」

賴文善看著堆在桌上的文件，還沒開始就覺得頭痛。

這些是秦睿帶來的資料，是「茶會」裡其他團體的基本情報，由於要去參加，所以他必須知道其他團體的情況，若在兩手空空、一無所知的前提下前往，他很快就會被那些貪婪的人吞噬殆盡。

情報是最強的武器——這是秦睿在把資料交給他的時候，對他說的話。

他十分認同秦睿的想法，所以才更需要花時間吸收這些知識。

「秦睿說這些資料大概兩三天就能看完……再怎麼看都得花一個禮拜啊。」

賴文善搔搔頭，嘴裡雖然在抱怨，但還是乖乖坐下來，從最上面的資料開始慢慢閱讀。才翻開第一頁他就開始想睡了，天曉得他是不是真能只花一週時間就把這些東西看完。

但如今，他也只能撐著眼皮，咬牙撐過去。

／

楊光最近的行為有些奇怪。

為了隨時因應危險情況發生，賴文善和楊光照著秦睿的意見，持續啟動能力，雖然天天都要做那檔事有點累，但賴文善倒是覺得無所謂。

他原本以為楊光也不會在意，畢竟自從兩人住在一起後，這個男人幾乎有事沒事就會貼上來磨蹭他，就算每天做愛也不嫌煩。

然而現在的楊光很顯然並不是很想做，有時候做愛當下還會分心，讓賴文善很無奈，也不知道是不是因為這樣的關係，能力持續的時間變得很短。

賴文善很擔心，畢竟這樣下去不是辦法，他知道楊光是因為過去的事情而變得鬱鬱寡歡，但他不開口的話，以他的立場也不太好質問。

「你能不能別在我舔你的時候露出那種陰鬱的表情？」

賴文善從他的胯間抬起頭，吐著舌頭、手裡握著楊光的陰莖，忍不住抱怨。

雖然楊光確實有好好勃起，可是他的表情卻一點也不享受，這讓他有種像是在強迫楊光進行這種行為。

明明是因為喜歡才做，但如果雙方都不享受的話，那麼進行這種行為就一點意義也沒有。

聽見賴文善抱怨的楊光，一臉歉意地回答：「抱、抱歉，文善。」

他頭痛萬分地扶著額頭，看著完全沒有興致，卻仍然會勃起的陰莖，打從心底討厭這樣的自己。

賴文善嘆口氣，坐在他身邊。

「你如果不想做，我不會勉強你。但你必須讓我去找其他人做。」

「什、什麼？不可以！」

楊光十分緊張，臉色鐵青地抓住賴文善的肩膀，堅決反對。

可是賴文善卻沒有要退讓的意思，冷冷甩開他的手。

「秦睿不是說了嗎？我們兩個現在被人盯上，隨時都有可能會發生危險，所以得持續維持能力啟動的狀態。難不成你要我在沒有能力的情況下，面對隨時都有可能發生的襲擊？」

「呃、我並不是……不是這個意思……」

「那就讓我去找其他人發動能力。」

「這樣也不、不行！我光是想到有其他男人碰觸你，我就一肚子氣。」

「要不然你想怎樣？」

賴文善一句話就讓楊光說不出話來。

他很清楚賴文善說的是對的，可是他並不想為了啟動能力而做愛，這樣一點意義也沒有。

明明就是相愛的兩個人因為喜歡而進行的行為，現在卻只是為了保命而這麼做，這讓他覺得很痛苦，就好像自己成為他最討厭的那種人。

當他看著賴文善的雙眸時，他很想說出口，但他卻一句話都說不出來。

「文、文善，我們逃吧？就像剛開始那樣，持續轉移位置，這樣的話那些人就找不到我們。」

「逃避並不是解決問題的最好選擇，楊光，我可以理解你不想告訴我你曾經經歷過的痛苦，但我希望你能夠幫助我，讓我有機會可以保護你。」

賴文善的話，一字一句清清楚楚的扎在楊光的心上。

被過去回憶束縛住的心結，似乎像是得到良藥，正在慢慢解開。

「你明知道我是自願和你做這些事的，而且我們在做的時候也不僅僅只是為了啟動能力，還有擁有彼此時產生的快樂跟滿足感，不是嗎？」

「可、可是……」

「別把這件事想得太複雜，楊光。現在跟你做的人是我，不管你過去遇到那些敗類，那都不影響我們現在的關係。」

賴文善強行用雙手捧起楊光的臉頰，逼他直視自己，並認真道：「就像你現在只讓我跟你做一樣，我也不會讓其他人碰你，相信我。」

「唔嗯——」

楊光感覺到眼眶溼潤，在淚水奪眶而出前，緊緊抱住了賴文善。

「對不起，文善，是我、我太懦弱。」

「你不是懦弱，只是你還擁有自我，所以才會對這裡一切感到不爽。」

「所以我……還『正常』嗎？」

賴文善不太明白，為什麼楊光對這兩個字如此執著，但如果他希望，無論多少次他都會看著他的雙眼，溫柔地回應他：「正常，你很正常，楊光。」

這個世界會擾亂人的心智，無法接受的人會被逼至近乎於崩潰邊緣的瘋狂，果斷接受的人則是會因為過度理智而漸漸變得無法接受原本的世界。

或許，這就是將他們帶到這個地方來的「某種東西」的最終目標。

即便他還不是很了解這個世界，但有件事很清楚，那就是他得想辦法活下去——和其他人一起。

「文善，我們來做吧。」

冷靜下來之後，楊光將手撫上賴文善的大腿，輕輕磨蹭。

賴文善勾起嘴角，看來他花時間安撫楊光是有用的，沒想到這傢伙那麼快就重新提起興致。

他本來就還滿喜歡做愛，能做讓人心情愉快的事，又能得到保護自己的力量，對他來說只有好處，沒有半點壞處。

賴文善輕輕吻上楊光有些冰涼的雙唇，勾起嘴角笑道：「嗯，來做。」

他的吻很輕柔、溫暖，讓原本心裡很鬱悶的楊光一下子就沉溺其中，彷彿自己剛才的那些複雜情緒根本只是自尋煩惱，一點也不重要。

楊光單手扶著賴文善的臉頰，張開嘴，將舌頭探入他的口腔。

賴文善閉上雙眼享受著他舔弄自己上顎的觸感，酥酥麻麻的感覺讓他很舒服。

光是接吻，楊光就已經勃起一半，賴文善睜開眼看著重新打起精神的陰莖，笑著用手握住、上下套弄。

楊光的吻變得更加貪婪，吐出的氣息也比之前還要燥熱，就像是要把他吃下肚一樣，不斷吸吮他的舌頭，挑逗他敏感的部位。

當他胯間硬到開始隱隱作痛的時候，才捨不得地挪開自己的吻，將賴文善推到在床上。

賴文善的嘴巴全都是他的口水，而他也不避諱地伸舌舔嘴角，故意挑逗已經開始有「性致」的楊光。

他的下半身本來就已經為了做愛而脫光光，連內褲都沒穿上，後穴甚至也早就已經趁著楊光頹靡的時候做好進入的準備。

當楊光把手指插入，感覺到裡面又溼又軟的時候，內心更加愧疚。

「文善，你這人真是……」

「幹嘛？你不喜歡我自己先準備好？」

「……不，這次是我的問題。我保證以後我會幫你的，絕對不會讓你自己一個人做。」

「行了，與其說那些廢話，倒不如快點插進來。」

賴文善張開雙腿，緊緊夾住楊光的腰，故意讓自己的屁股和楊光的下半身緊緊貼在一起。

他可以感覺到楊光的陰莖因為碰觸到他的肌膚而顫抖，炙熱的溫度令他的腹部搔癢難耐，好想就這樣直接被他進入。

楊光看著賴文善直勾勾盯著自己胯間的貪婪眼神，知道他心裡在想什麼，忍不住嘆口氣。

每次做愛的時候，賴文善都好像變了個人似的，他也是開始和賴文善有肌膚接觸後才知道，這個外表看起來對性沒什興趣的男人，實際上超愛做這檔事。

「唔……快放進來。」賴文善的眼神開始有些渙散，才兩天沒做他就已經快要忍不住，以前的他明明不是這樣的。

或許他多少也有被這個世界影響吧，但他認為這並不算什麼，反正他本來就很喜歡做愛，只要能感到舒服，就算要他天天做他也無所謂。

以前總是要特意去找能夠抱自己的人，有時候也不見得會順利，但現在不但有能夠天天跟他做愛的男人在身邊，而且還是這麼憨厚老實、可愛的男人，他怎麼可能不心動。

有沒有愛情根本不重要，他只想要楊光趕快用他那根來安撫他浮躁難耐的熱度。

「別慫恿我，文善。」

「廢話真多。」

賴文善朝他翻了個白眼，強行握住楊光的陰莖，將前端貼在自己的屁股上面，故意在洞口附近來回磨蹭。

「說了趕快進來，你明明也很想這樣做。」

「唔嗯……」

楊光咬緊嘴唇，因為賴文善的挑逗而冒出青筋。

他看著賴文善的動作，趁著他還在那邊磨來磨去、故意玩弄他的時候，一下子就挺起腰將前端插入。

果然，他一這麼做就感覺到賴文善瞬間失去力氣，鬆開那隻調皮的手。

看著因為前端才放入幾公分而已就感到全身酥麻的賴文善，楊光趁勢抓起他的腰，粗魯地將整根一口氣插入他的身體。

瞬間被填滿的感覺讓賴文善倒抽口氣，身體不由自主地顫抖，因為太舒服，前列腺液止不住地流出來。

「好緊……」楊光咬牙切齒，皺著眉頭。

賴文善的屁股咬緊著他的陰莖，讓他沒辦法好好抽插，再加上兩天沒做的關係，肉壁貪婪地吸住他的陰莖，雖然他是進入的那方，但是卻有種反過來被賴文善吃掉的錯覺。

「文善，放鬆……我動不了。」

「呼嗯……那、那你舔我。」

賴文善自己撩起上衣，在楊光面前露出硬挺的粉色乳尖。

楊光彎下腰，張開嘴，用那炙熱的口腔和舌頭舔弄、吸吮。

響亮的聲音加上溫熱的舌頭，兩者帶來的共同刺激感不但沒讓賴文善的屁股放鬆，反而還夾得比剛剛更緊。

「呃！文善，你不是說要放鬆嗎？」

「抱歉，因為太舒服了。」

賴文善眼眶含著淚水，一臉可憐兮兮地向楊光道歉。

看到他露出這麼可愛的模樣，楊光怎麼可能還罵得下去，但問題是他真的很想扭腰，好好地抽插。

他繼續舔著賴文善的乳頭，在他的胸口和鎖骨留下一個個吻痕。

在努力過後，賴文善的身體才終於變得沒那麼緊繃，而就在他放鬆力氣的瞬間，楊光迅速開始抽插、撞擊他的下半身。

「啊！你、你別突然——」

「才不突然，是你自己剛才咬著我不放的。」楊光一邊用力抽插，一邊笑著在他耳邊低語：「現在乖乖地，讓我滿足你。」

說完，楊光用力抓住賴文善的腰，用力將自己的陰莖插入到最深處，在撞擊賴文善敏感部位的同時，不斷頂他的肚子，完全不打算放慢速度。

賴文善渾身顫抖，因為磨蹭與抽插而漸漸失去理智，腦袋一片空白，只能下意識地不斷從嘴裡發出愉悅的聲音。

下半身只剩下愉悅以及被異物塞滿的感覺，同時楊光不斷啃咬著他的身體，痛感帶來的刺激讓他全身上下都變得很敏感。

楊光就像是被解開項圈的野獸，貪婪地向他索求，而且他甚至做得比平常還要強硬。

「唔、別……別咬……」

楊光一直都對他很溫柔，不曾像今天這樣啃咬過他。

但即便他出聲阻止，楊光也沒有要停止的打算，甚至將他的身體翻轉過來，讓他趴在床上，抬高臀部。

他可以感覺到楊光用手指撥開自己的屁股，接著柔軟的觸感就這樣伸了進來。

「楊、楊光！你在做什——」

楊光竟然在舔他的屁股！

以前他從沒做過這種事，今天卻不知道哪根筋不對，竟然用舌頭玩弄。

才剛被陰莖插滿的後穴，根本沒辦法因為舌頭的長度而滿足，這種像是搔癢般的行為，反而讓賴文善更難以忍受。

「不要，我不要這樣……」他推開楊光，「不要用舔的，我要你狠狠插我。」

楊光舔嘴唇，看著賴文善自己撥開屁股渴求他的姿態，立刻乖乖照他說的，將自己的陰莖重新插入溼潤的屁股裡。

「啊！」

一下子被填滿的感覺，讓賴文善舒服到忍不住顫抖。

接著身體被強大的力量撞擊，前後擺動著，而那酥麻的感覺也再次襲來。

「哈……文善……好舒服啊文善……」

楊光陶醉地挺腰，一次次撞擊，速度不但沒有減緩，甚至還加快動作。

他抓起賴文善的雙腿，身體向後坐在床上，讓賴文善在自己的懷裡，利用身體重量推起賴文善後，再狠狠向下插入。

「啊、啊……」

賴文善微睜開眼，看著自己的陰莖上下抖動，肌膚碰撞的拍打聲迴盪在耳邊，比起放在他體內抽插的物體還要更令他興奮。

「楊、楊光，慢點……」

「對不起，我沒辦法。」

楊光一邊道歉，一邊加快抽插的速度。

賴文善只能盡力撐住自己的身體，很快地變得無法再繼續思考。

在他高潮而用力縮緊屁股的同時，楊光也因為被緊緊吸住而皺眉，直接射在他的身體裡面。

因過度興奮而喘息的兩人，在高潮後慢慢睜開眼眸。

漆黑的臥室裡，他們的眼眸散發出的光芒十分顯眼，即便知道自己的能力已經啟動，但他們卻沒有要結束的意思。

賴文善側過頭和楊光接吻，並勾起嘴角，用那興奮又沙啞的聲音，對楊光說：「再來一次。」

楊光看著賴文善閃閃發光的眼瞳，沒有拒絕，而是輕輕啃咬著他的後頸。

「好。」

沒錯，他們的行為並不只是為了啟動能力而已。

因為喜歡彼此，所以才跟對方做愛。

在抱了賴文善之後，楊光深刻體會出兩者的差異，同時也為自己的愚蠢感到後悔與懊惱。

果然，他很喜歡這個男人，也漸漸意識到自己不能失去他。

為此他必須變得強大，這樣才能從那些人手裡保護賴文善。

楊光閃動的瞳孔裡，流露出與賴文善不同的光芒，金色的瞳孔似乎比平常更加耀眼，看上去十分美麗。

賴文善直勾勾看著他的眼眸，帶著輕笑給予他一個吻。

看來這男人已經不需要他擔心。

Chapter 10
偷襲

在秦睿提醒過可能會有危險發生後，賴文善和楊光暫且度過了平安無事的五天時光，和他們預料的不同，這段時間並沒有發生什麼特別的事情。

別說危險，連怪物的影子都看不到，甚至讓賴文善有種被人遺忘的錯覺。

溫泉會館內的物資相當充足，秦睿除了會定時派人來補充之外，也有讓同伴在附近巡邏，和賴文善想像不同的是，巡邏的人手看上去並不像是秦睿的人。

看來他說要找幫手來協助的意思，是找其他能力者團體來協助，雖然不知道秦睿是用什麼方法說服對方的，但他找來的這些巡邏人手，每個人看起來都很強的樣子，十分讓人安心。

他們兩個人為一組行動，訓練有素而且態度嚴肅，與其說是同伴，倒不如說比較像警察之類的，甚至還穿著整齊的制服──這讓賴文善很難想像自己還待在這個詭譎的世界裡。

當然，有這些人在的話，他跟楊光就算沒有啟動能力也無所謂，可是賴文善並不打算信任任何人，更不想給敵人機會。

和楊光商量過之後，他們決定每天定時啟動能力，因為楊光也跟他一樣，認為自己保護自己比較可信。

幸好楊光從那天後就願意配合他的計畫，似乎也不再被過去糾結，每天都很有精神地和他做愛，不過相對的，楊光變得比以前還要更加依賴他。

賴文善本來就不是很喜歡跟人整天黏在一起，可是楊光卻相反，恨不得整天抱著他坐在沙發上發呆，這點倒是讓他有些頭痛。

因為還得看資料，所以賴文善也就沒什麼反抗，無視楊光的行為，努力在這五天裡把秦睿帶來的資料吸收完畢。

「哈……考證照的時候念的東西都沒這些資料來得讓人頭痛。」

秦睿給的情報，全都是無法透過手機知道的消息，雖然他嘴巴上老是在抱怨，但還是乖乖看完所有人的基本資料，同時也對「茶會」有了基礎認識。

在這個世界，「茶會」即是議會的概念，而舉辦茶會的意思就等同於要讓議會針對事項進行討論，很顯然，這次召集的目的就是因為他。

除其他團體的資料之外，秦睿也附上身為資格符合者的他必須知道的事。

「Original」的意思是「原作」，顧名思義，說他擁有這份資格的意思，就代表他是這個世界裡唯一一個能夠找到《愛麗絲夢遊仙境》原作的人。

根據秦睿的情報，以前也有出現過幾名符合這個資格的人，可是那些人全都死了，而且幾乎都是被這個世界裡的「角色」殺害。

自殺、被能力者殺害的比例非常少，而且造成這些死亡原因的理由也是因為長期被那些「角色」獵殺的關係，精神支撐不住、其他能力者因為害怕而背叛並殺害——諸如此類的理由，造成悲劇。

也因為如此，這些人都還沒來得及開始找尋《愛麗絲夢遊仙境》的原作就死亡，所以對於這部作品的位置等情報，幾乎是零。

賴文善不是很明白，為什麼這個世界會隱藏《愛麗絲夢遊仙境》的原作，但如果說要找出原作才能離開這個世界的話，就可以理解為什麼秦睿和楊光會說這個世界沒有「出口」。

先不論理由，既然眼前有能夠逃離的方法，自然就要先從這部分開始解決，估計「茶會」上也會針對這件事情進行重點討論。

存活的能力者們如果不能同心協力，就只能永遠被困在這個鬼地方，過著隨時可能會被怪物殺死的風險生活。

「咕嚕嚕嚕……」

在賴文善思考事情的時候，背後傳來飢腸轆轆的聲響。

他用無奈又好笑的表情轉過頭，看著把自己緊緊抱在懷中，不肯放手的楊光。

如今這傢伙正把自己當成他的單人沙發，強行要求他坐在大腿上面閱讀資料，因為沒辦法拒絕加上楊光強行把他抓住的關係，他也只能照辦。

即便他真的很不想這樣做。

「我去拿點什麼東西來吃，你在房間裡等我。」

賴文善看了一眼窗外的天色，再拿手機出來確認時間。

明明顯示上午十點，但天空卻暗到完全看不見星空。

特別漆黑的夜色，反而越讓人感到不安，甚至賴文善還產生一種不祥的預感。

他從楊光懷裡站起身，走出房間，不願意離開房間的楊光乖乖待在沙發上等待，就像是隻被拋棄的大型犬。

走出房間後，賴文善沿著走廊來到一樓餐廳。

這裡的廚房有許多食材和烹飪器具，他都是在這裡烹飪食物給楊光吃。

「……奇怪。」

以往來到餐廳的時候，賴文善都不曾有過像今天這種毛骨悚然的感覺，就好像有東西正在陰影裡偷窺他一樣。

賴文善試著打開電燈，但開關卻完全失效，燈怎麼都不會亮，不過廚房的燈倒是開著的，成為在這片黑暗中僅存的光明。

至少不是全暗，有點光線多少還是會讓人感到安心，於是賴文善便帶著輕鬆的心情走過去。

大概是自己想太多了吧——這幾天都平安無事，而且秦睿派來的人又很值得信任，再怎麼樣也不可能被人鑽漏洞，溜進會館裡面偷襲。

他一邊這麼想，一邊走進廚房。

喀喀作響的聲音，就像是有人正在啃食。

這聲音讓人心頭一寒，直覺告訴賴文善，他眼前即將出現最讓人討厭的畫面。

果真，從靠近爐火的地板上，他發現有個生物正在啃食某個人，從對方的衣服，賴文善立刻就知道那是秦睿派來負責補充食材的同伴。

大量的鮮血染紅廚房地板的磁磚，可以確定的是在這種情況下，那個人不可能還活著。

正當賴文善盯著看的時候，這個怪物突然像是嗅到他的氣味，立刻把頭抬起來，轉過來面向他。

那滿是鮮血的嘴巴裡，還殘留著人肉，凶神惡煞地瞪著賴文善。

他不知道那是什麼生物，但很顯然，絕對不是什麼好東西。

「該死。」

賴文善迅速用手指指揮周圍的血液，血液形成尖刺，像是串肉串一樣地貫穿怪物的身軀。

怪物抽搐地抖了抖身體後，很快就失去氣息。

雖說已經知道會有怪物靠近，可是賴文善還是無法習慣這種東西的存在。

怪物的模樣看上去很像海龜，卻有著牛頭與長著蹄的後足，甚至還有長長的牛尾巴，真要說的話，比較像是海龜和牛的融合體。

牛可不是會吃人肉的肉食性動物，也沒有那種尖銳到能夠將人撕碎的牙齒。

「這傢伙是從哪溜進來的？」

賴文善百思不解，周圍都被人保護、也有人定期在巡邏，即便怪物靠近也很有可能在他見到之前就已經被殺死，所以這段時間他才能過得如此安逸。

他打算先去找人過來，並想辦法把這件事告訴秦睿，然而才剛轉身，他的腳踝就被某種東西絆倒，差點摔倒。

幸好他反應夠快，扶著旁邊的桌子好不容易撐住身體。

低頭一看才發現，他的腳不是被絆到，而是被尾巴捆住，限制了行動。

這條牛尾巴是剛才那隻怪物的，可是牠不是已經死了嗎？怎麼還會——

就在他對此產生懷疑的瞬間，身後突然鑽出巨大黑影，由上而下往他的身體重壓下來。

賴文善早已經感覺到危險，反應很快地操控鮮血將拉住他的尾巴切斷，接著側身跳開來，整個人滑行到冷凍櫃的方向去，並狠狠撞上。

首要撞擊到的部位非常疼痛，他甚至覺得自己可能有些瘀青，但現在的他根本沒時間顧慮這些小事，因為那隻怪物再次朝他撲過來。

牠的體重看起來就不輕，加上壓制的行為，完完全全就是想利用體重壓死他，看來剛才那個人就是被這種攻擊壓倒後啃咬致死。

他當然不會讓怪物得逞，立刻咬牙跳到旁邊去，在地面翻滾後撞上被啃咬到只剩白骨的屍體。

殘骸的模樣十分駭人，可是賴文善沒時間害怕，他立刻就爬起來，拔腿逃出廚房。

怪物沒打算放過他，以非常快的速度衝出去，牠撞飛所有阻礙在他面前的物品，直線朝著賴文善衝刺。

黑夜中，賴文善的眼眸閃閃發光，同時他轉過身，用手指沾染自己身上沾染到的鮮血，甩向那隻似龜似牛的怪物。

血液在空中凝聚成子彈般的堅硬物體，並加快速度，貫穿怪物的身體與腦袋。

怪物搖搖晃晃，接著就倒地不起。

賴文善大口喘息，彷彿經歷過九死一生。

兩隻怪物？不，照這情況來看，恐怕潛入的怪物數量還有更多——

才剛這麼想，他就聽見房子各處傳來重擊聲，像是正在被巨大的力量破壞，周圍的牆壁開始龜裂，就連柱子也開始搖搖晃晃，快要支撐不住。

再這樣下去，溫泉會館整個坍塌也只剩時間上的問題。

「該死！」

先不管這些怪物是怎麼瞞過巡視的人，現在得先想辦法逃出去才行！

賴文善立刻往房間的方向跑，奇怪的是一路上都沒見到秦睿的同伴，這裡本來就不只有住著他跟楊光，如此大的聲響，怎麼可能沒人逃出來？

此刻他的心中有很多疑惑，可是賴文善卻沒有時間多做思考，現在的他只想著要跟楊光會合。

幸好在他往回走沒多久，就看見楊光匆匆忙忙朝他跑過來的身影。

「文善！」

「楊光！太、太好了……」

「你怎麼身上都是血！」

楊光抓住賴文善的肩膀，心疼萬分地看著傷痕累累的他。

賴文善搖搖頭，「這不是我的血，我只是有點擦傷而已，別管這些……我們先想辦法離開再說，這裡快塌了。」

「這裡離後門比較近。」楊光看了一眼走廊，發現那裡掉落的水泥塊有不少，而且天花板也已經露出鋼筋，硬闖的話太過危險。

賴文善點點頭，「走吧。」

怪物攻擊的位置，似乎著重在前廳和客房的部分，所以位於餐廳的後門反而損害較少，楊光跟賴文善很順利就逃到建築物外面。

當他們離開後，就遇到楊光的其他同伴，看來大家想法都差不多。

「通知秦睿了沒？」

「有，他讓大家先離開，還要我們別跟怪物硬碰硬，說是幫手會處理。」

「幫手嗎……那應該就不用太擔心。」

透過這些人的閒聊，賴文善可以確定目前狀況還掌握在他們手中，雖說怪物有些棘手，但似乎並不成問題。

其他人的態度也很泰然自若，不像是受到偷襲而慌張的樣子，所以賴文善不是很擔心。

「總之現在我們幾個別分散行動，尤其是你楊光，你們兩個絕對不能落單。」

「我知道。」楊光嘆口氣，環顧四周，「逃出來的就只有我們幾個？」

「今天待在這裡的人不多，只有死幾個人而已，還算幸運。」

「你們有見過那隻怪物嗎？」

對方搖搖頭，「第一次看到。」

沒人見過的怪物、毫無預警的偷襲——看來那隻怪物很有可能跟之前那兩個胖子一樣，不是有「名字」的怪物，就是被那隻貓派來的殺手。

透過這次的襲擊，賴文善更加確信自己已經完全成為那些怪物的首要目標，甚至比他原本預料的情況還要更加危險。

在他們閒聊幾句後過了不久，眼前的溫泉會館就完全坍塌。

雖然這個情況完全在預料之內，但這些怪物把建築物夷為平地的時間卻快到讓人害怕。

不僅如此，那些怪物甚至還從坍塌的溫泉會館裡爬出來，這時他們才意識到，怪物的數量遠超過預期。

並不是小貓兩三隻的程度，而是十幾隻，跟他們的人數有很大的差距。

加上賴文善和楊光，逃出來的同伴也就只有五個人，而到現在為止他們都沒見到秦睿所說的「幫手」。

如果說那些人全都已經被怪物殺死的話，那他們就只能靠自己。

——開什麼玩笑，這種情況根本糟糕到極點！

這些似龜似牛的怪物群，十分有默契地同時將頭轉向他們，被那些帶有威脅的眼神盯著看，頓時讓人背脊發冷。

所有人都還沒回過神，這群怪物已經集體朝他們衝過來。

牠們爬行的速度比想像中還快，令人措手不及，但包括賴文善在內的人卻全都早就已經做好戰鬥準備。

雖然秦睿的命令是別跟怪物交手，可是現在的情況讓他們別無選擇。

正當每個人都做好戰鬥準備的瞬間，他們跟怪物之間突然被黑色的影子隔開，它就像是一面牆，擋在雙方人馬之間。

賴文善不知道這是什麼東西，但很顯然，應該是某個人的能力。

他觀察到其他人在看見影子出現後，全都鬆了口氣，看來操控影子的，是秦睿安排的幫手。

「趁現在，我們快走。」

楊光的同伴邊說邊跟著其他人一起離開，楊光當然也拉住賴文善的手，打算把他帶走，但瞬間從地面底下鑽出的怪物，卻強行將兩人分開。

當楊光手鬆開的瞬間，怪物沉重的身軀朝他的臉壓下來，幾乎不給人時間反應，可是楊光的眼眸卻瞬間發亮，並且成功閃避。

幸好受到攻擊的人是他而不是賴文善，如果是別人的話，或許真的躲不過。

其他同伴見到楊光被攻擊，也跟著停下來想要幫忙，但更多的怪物從地底鑽出阻撓，不讓他們有時間支援楊光。

「楊光！該死……」

賴文善雖然沒有被視為攻擊目標，可是看到楊光被怪物纏上，仍焦急不已。

然而，現在他要擔心的卻不僅僅是楊光。

他感覺到有人正在注視著自己，那種感覺非常糟糕，這道視線充滿敵意。

這時他注意到一件奇怪的事，那就是怪物們全都沒有將他視為攻擊目標，而是選擇攻擊除他以外的人，無論是楊光他們還是被影子隔開的牆壁後面，怪物似乎沒有把他放在眼裡。

這是怎麼回事？

當賴文善產生疑問的同時，他發現有人正在靠近。

在對方把距離拉得更近之前，賴文善主動轉身面向對方，同時他的手掌心裡也藏著一條裝滿鮮血的玻璃試管。

以防萬一，在沒有作為武器使用的鮮血的情況下，賴文善將自己的血抽出來之後放入試管，隨身攜帶。

比起實質上的武器，用「血」來進行攻擊更加實在，而這也是專屬於他的戰鬥方式。

當然，他沒跟楊光提起過這件事，因為照楊光的個性，肯定不會讓他這樣做。

他把試管隱藏在手裡，小心翼翼不讓對方發現，這些莫名其妙靠近他的陌生人，看上去就只是普通的路人甲乙丙，可是從他們發光的眼眸可以確定，他們都是能力者。

在不清楚對方擁有什麼樣的能力的前提下，賴文善只能先靜觀其變。

「你就是賴文善吧？」

「……找我幹嘛？」

賴文善並不打算說謊，因為這些人肯定知道他是誰才會過來搭話，如果在這種時候還裝傻的話，反而會讓他像個笨蛋一樣。

三個人面無表情地交換眼神後，剛才主動向他提問的人再次開口：「跟我們走。」

「你以為這樣說我就會乖乖聽話？」

「哈，我想也是。」

那人說完，賴文善就發現自己的雙腳像是踩到泥沼裡一樣，動彈不得。

他看見站在那個男人左手邊的人眼睛發亮，並蹲在地上，手掌新貼著地面，接著一條化成泥濘的路筆直地伸向他的雙腳。

是溶化或者將固體轉為液態的能力嗎？

先不管對方的能力是什麼，他得先想辦法掙脫。

賴文善用拇指彈開試管口的塞子，甩出幾滴鮮血，在它們滯留於半空中的瞬間化作子彈，朝蹲在地上的男人射擊。

這個男人似乎沒想到賴文善能如此運用自己的能力，急忙閃開，而在他分神的同時，賴文善也迅速把腳從泥濘中拔出，重新踏在安全的位置。

接著，就是拔腿逃跑。

「站住！」

「嘖，你在搞什麼？」

眼看賴文善居然逃走，剩餘的兩人很不爽地怒罵，甚至狠狠拍打那名同伴的後腦杓洩憤，他們深怕被賴文善甩開，急匆匆追上去，而在他們進入樹林的同時，正在和怪物對峙的楊光也注意到了。

「文善！」

楊光一邊喊他的名字，一邊想要追上去幫忙，可是怪物卻再次阻擋在他面前，讓他沒有辦法離開。

他氣得咬牙切齒，被怪物拖住腳步讓他很不爽。

躲進樹林裡的賴文善很確定那些怪物的目的就是拖延其他人，而在將他孤立後，這三個人就可以趁機把他抓走。

也就是說，有能力者和怪物聯手了。

當然，按照常理來說不可能會發生這種情況，可是就他目前所掌握的情報，並非不可能，畢竟之前拐騙其他能力者進入便利商店，成為製作新怪物的素材的事是事實，若是這樣想，那麼這些人就很有可能是秦睿之前抓到的能力者的同伴。

秦睿給他的資料裡提到過這群能力者的事，他們是個麻煩的小集團，簡單來說就是無惡不作的混混。

這群人喜歡竊取其他能力者的物資，並強迫不願意的人進行性交，藉由啟動能力作為藉口凌辱對方，並且強姦初來乍到、能力尚未啟動的人，威脅那些人加入自己的團隊。

人渣。

賴文善對這群人的結論，就只有這兩個字。

不過也只有這種糟糕到失去人性的傢伙，才會反過來被怪物利用。

「喂！有看到那小子嗎？」

「我親眼看到他往這裡跑，肯定在這附近！」

「開什麼玩笑，讓那傢伙逃走的話我們就死定了！」

這三個人看起來很緊張的樣子，與其說他們是那些怪物的同伴，倒不如說他們比較像是受到威脅的一方。

躲在樹上觀察這三個人的賴文善，摸著下巴思考。

說得也是，不能排除這個可能性。

只是這些人比他想得還要愚鈍，連他在進入樹林後直接爬上樹躲起來也沒發現，還傻傻在附近尋找。

不過，他還是要想辦法把這三個人抓起來，畢竟他們這樣鑽來鑽去很麻煩。

賴文善將試管裡的血倒在手掌心上，以指尖操控，將血液凝聚成一條細繩，捆在手掌上作為武器使用。

當其中一個人經過他所在的這棵樹時，賴文善看準時機，從樹上跳下來，直接把人重壓在地。

「呃！」

因為賴文善出現得太過突然，這個男人根本來不及反應，不但脊椎痛到不行，還差點咬斷舌頭。

賴文善面無表情地用手中的血線將他的手反綁在背後，同時另外兩個男人也注意到他的存在，迅速趕過來。

其中一人將旁邊的樹連根拔起，像棍子一樣朝他橫掃過來。

賴文善將血線往樹枝上扔過去，把身體向上抬起，輕而易舉閃過他的攻擊後，再重新踩回倒在地上的男人身上。

受到二次傷害的男人再次發出痛苦的悲鳴，但很快就被賴文善狠踹腦袋，以「物理」方式強迫他昏迷。

趁他攻擊同伴的時候，另外一個男人朝他扔出刀子刺中他的左肩，沒能來得及躲過去的賴文善痛到差點沒罵髒話。

「唔！好痛……」

賴文善咬緊牙根，本來他就不可能在短短時間內學會打架什麼的，頂多能想出運用能力的方式而已。

他不過是個普通人，幻想像漫畫人物一樣打得順手是不可能的事。

但，對他來說「受傷」反而會成為優勢。

賴文善將刀拔出，扔在地上，任由鮮血沿著自己的手臂慢慢流下來。

溢出的鮮血一顆顆凝聚成珠子狀，飄浮在半空中，下一秒就如同散彈槍，朝那兩個人瘋狂掃射。

力氣大的男人將樹幹橫擋在面前，但這些珠子的攻擊力道卻比他想得還要大，雖然減緩了速度，卻沒能阻擋他們打在身上。

血珠子雖然沒有貫穿他們的身體，卻像是拳頭一樣，在每個打擊到的部位留下明顯的瘀青，而造成的疼痛也遠比貫穿傷來得難受許多。

「該死！這什麼鬼能力！」

「那隻貓可沒說過這傢伙這麼難纏！」

兩人脫口而出的話，讓賴文善愣了半秒。

他原本打算把這兩人同樣捆綁起來後帶回去給秦睿審問，然而熟悉的身影卻踏著優雅的步伐，先顯現出四隻腳，接著再慢慢顯現尾巴、眼睛，以及那如同在嘲笑人的愚蠢、始終維持月彎般笑容的嘴。

賴文善瞪大眼睛看著那隻該死的貓，內心感到不妙。

他抖動指尖，打算先發動偷襲，將那隻貓抓起來，沒想到他操控的鮮血卻反而撲了個空。

僅僅只有零點幾秒的速度，那隻貓就消失不見，接著賴文善感覺到脖子有毛茸茸的觸感，寒毛直豎地趕緊將肩膀上的東西拍掉。

那隻貓翻了個圈，俐落地跳開，垂直踩在旁邊的樹幹上面。

「你到底想幹什麼？柴郡貓！」

當他說出那隻貓的「名字」後，貓的瞳孔突然豎直成一條細線，同時賴文善突然感到一陣天旋地轉，就像是身體失去平衡能力，無法好好站穩。

他側倒在地上，因為暈眩感過重而無法維持清楚的意識。

「該死……」

賴文善知道自己不能倒在這種地方，如果他死了，那麼秦睿他們就得再繼續等待下一次的機會才能找到離開的出口。

可是現在的他，卻不知道該怎麼做才能擺脫眼前的危機。

貓咪跳回地面，賴文善看不清楚牠的位置，但是可以感覺到牠在靠近自己。

嬌小的身軀慢慢膨脹變大，並且在另外兩名男人驚愕的視線裡，成為與周圍的樹同樣高度、身材圓滾滾的貓咪。

牠張開長滿尖銳牙齒的嘴，慢慢靠近倒地的賴文善，像是要一鼓作氣將他吞入腹中。

「那什麼鬼東西？」

「誰知道，還不快閃！」

用刀以及抓著樹幹的兩個人，很沒義氣地拋下同伴跟賴文善逃走。

賴文善抬起頭看著尖銳的利齒逼近自己，只能緊閉雙眼，因為現在的他連操控鮮血的力氣也沒有，根本無力反抗。

然而一秒過去，他並沒有感覺到身體被撕碎，反而是暈眩感突然消失不見，意識也變得清楚許多。

他重新抬起頭，赫然發現那隻貓的身體被從黑暗中伸出的影子捆綁，動彈不得，即便努力掙扎也無法擺脫。

賴文善還沒搞懂現在是什麼狀況，就發現有名身穿黑色風衣的少年踏著輕鬆的步伐，從他身旁走過去，並在這隻貓的面前慢慢拔出刀。

明明天空沒有能夠反射刀身的星光，但這把刀卻仍透著淡淡的光芒，如同掛在天空中的月亮，皎潔而美麗。

少年冷冰冰的看著那隻身體巨大的貓，一個踏步上前，以十分快速的揮砍速度掠過貓的身軀之後，慢慢將刀收回。同時，貓的身體被切割成大量肉塊，沿著漂亮的切割面慢慢分散後，散落在地上。

影子重新回到黑暗裡，而貓的屍體也泡在血泊中，散發出噁心的味道。

「我去把那兩個人抓回來。」少年只對賴文善說這句話之後，便消失不見。

賴文善張著嘴，完全無法理解剛才在那短短幾秒鐘的時間究竟發生什麼事，就被隨後趕過來的楊光拉起來，緊緊抱在懷裡。

「文善！你受傷了？快讓我看看！」

楊光看到賴文善的傷口，又自責又生氣，可是賴文善的心思卻完全不在這裡，而是剛才那名冷酷少年身上。

「秦睿找來的幫手還真不是蓋的。」

楊光似乎知道他在說誰，露出嫌惡的表情，心不甘情不願地承認：「是啊。」

看樣子楊光不是很喜歡對方，不過，也是多虧那個人他才順利活下來，如果之後有機會見到的話，他得親口跟對方道謝才行。

話又說回來，原來擁有「角色」的怪物是這麼好殺的嗎？

看著那被乾淨切割的柴郡貓，賴文善突然感慨，幸好剛才那名少年是同伴而非敵人，否則還真有點可怕。

樹林外全是打架的嘈雜聲，在能見度有限的夜空下，很難判斷哪個方向才是安全的。

楊光單手扶著賴文善的腰，小心翼翼攙扶他的身體，而賴文善則是控制血液，將傷口周圍的鮮血凝固並施壓，不讓自己繼續白白流血。

「我們要去哪？」

楊光看看周圍後，嘆氣道：「總之先離開這裡，『那傢伙』在的話，就表示這附近有他的人，去跟他們碰面就好。」

「你了解的還真清……唔嗯……」

不知道是不是因為那隻貓的影響還未完全消失，又或者是傷口發炎導致發燒的關係，賴文善的頭隱隱作痛，精神也不是很好。

楊光看見賴文善蒼白的側臉，擔憂地皺眉，下意識加快前進的腳步。

「別說話了，文善。」

「好。」

賴文善乖乖接受楊光的好意，而他的意識也在那之後變得不太清楚，就像是半夢半醒一樣，雖然他記得自己和楊光離開樹林、見到了其他同伴，但是卻沒有跟他們對話的記憶。

脖子上殘留著被貓毛掃過的觸感，這種感覺十分糟糕，即使知道現在是安全的，仍沒有辦法讓他完全放鬆。

「文善……文善！」

一個恍神，賴文善終於意識到有人在叫他，猛然抬起頭和楊光對上視線。

楊光很擔心地扶著他的肩膀，而此時他們已經離開樹林，來到另外一處建築，被刀插入的傷口也已經好好處理過，雖然還是很痛，但舒服許多，體溫也已經降下來，恢復到正常溫度。

「呃、我是怎麼……」賴文善扶著額頭坐起身，「這裡是哪裡？」

「安全的地方。」

開口回答問題的不是身旁的楊光，而是側坐在單人沙發上的秦睿。

賴文善看見他跳下來走向自己，伸手撫摸額頭，就像是在用掌心測量他的體溫一樣，但秦睿的目的並非如此，而是在確認他的瞳孔。

「幸好你們有乖乖照我說的，隨時保持在啟動能力的狀態下，要不然這次真的死定了。」

「照這樣子來看，不管哪裡都不安全，秦睿，你有能夠不被那些怪物發現的藏身處嗎？」

秦睿聳肩，「你是笨蛋嗎？當然沒有那種地方，這裡可是那些傢伙的地盤，我們不過是被關進來的外人，想瞞過他們的耳目幾乎是不可能的事。」

「那要怎麼辦？那些該死的混帳和怪物聯手……不，應該說被怪物利用，等於說不管我們跑到哪他們都會找到。」楊光忿忿不平地說，看樣子這次的偷襲讓他很火大，「如果說那些怪物用同樣的方式，拉攏其他能力者……」

「嗯，確實你說的並不是沒有可能。」秦睿摸著下巴，盯著賴文善看，「坦白講，在聽到賴文善你之前說剛進到這個世界就遇見柴郡貓的事情後，我就覺得你應該從那時候就被盯上了，只是不知道為什麼牠們沒有對你出手。」

「難道不是因為我的關係？」雖然這樣說很像往自己臉上貼金，卻還是讓楊光忍不住這麼想。

秦睿聽到他那自以為是的發言後，笑得超級大聲。

「啊哈哈哈！你說那什麼蠢話？哈哈哈！」

「夠了，秦睿。」楊光滿臉通紅地用掌心遮住臉，連他自己也覺得剛才說的話聽起來很狂妄，而且他也知道，事情絕對不是這樣。

等捧腹大笑的秦睿笑夠後，他用食指將眼角的淚水抹去，輕咳兩聲。

「我猜是在顧慮賴文善的能力，牠們很有可能已經意識到賴文善擁有什麼樣的力量，為了不刺激他、逼他啟動能力，才會選擇不出手。」

「……這也……不是說沒道理。」楊光驚訝地看著賴文善。

確實，賴文善的能力遠比他想像中還要強很多，戰鬥起來也很順手，根本不像是才剛來到這裡幾週時間的人。

唯一的缺點，就是身體有些跟不上，要不然賴文善肯定還能變得更強。

「能夠找到出口位置的人擁有麻煩的能力，所以才會讓牠們開始焦躁吧。」秦睿攤手，繼續解釋：「最近攻擊會變得頻繁起來的原因，也是因為賴文善啟動能力的關係，為了想辦法對付他，所以那些怪物才會想到利用『同類相殘』這點。」

秦睿的解釋很合理，就算覺得這樣很扯，也還是沒辦法否定他的判斷有誤。

「哈……所以現在意思是我既不能逃，也沒辦法躲，只能正面硬幹就對了？」

賴文善慢慢起身，垂眼掃視秦睿和楊光的臉龐。

秦睿笑得很開心，但楊光卻是一臉擔憂，不用問也能猜到他在擔心什麼。

「看來沒時間悠哉等所有人聚集了。」秦睿直視賴文善的雙眸，認真道：「三天後舉行茶會，管他們要不要來，現在可不是讓那些傢伙猶豫的時候。」

聽秦睿的意思，似乎是其他能力者不太願意配合，所以剛開始秦睿才會說要花那麼長時間準備茶會。

「我應該能平安無事地活過三天吧？」

「用不著擔心，柴郡貓復活也需要一段時間，而其他怪物在牠恢復前，估計也不敢隨便行動，所以這段時間你能稍微安心。至於那些跟怪物聯手的能力者，就交給我來善後。」

「復活？那傢伙不是死了嗎？」

「這裡可是那些怪物生活的世界，即便是能力者也殺不死牠們。」

秦睿拍拍賴文善的肩膀，盯著他的傷口看，「總之你別擔心那隻貓，我會安排三天後才辦茶會的原因，是想要給你時間休息，謝恩維雖然已經治癒你的傷口，但也只是讓傷口癒合的程度而已。」

「謝恩維……那傢伙還在啊？」

「雖然他的行為確實不妥當，可是再怎麼說也是擁有少見治癒能力的人，我已經安排人二十四小時監視他，所以你不需要再擔心他會再惹什麼麻煩。」

「……知道了。」

如果謝恩維不是擁有治癒力量的能力者，估計秦睿早就把人殺死，已絕後患，畢竟把那種人留在身邊，某天被他陰了都不曉得，風險太高。

既然是秦睿的決定，賴文善也就不好再說什麼。

與最初的擔心不同，秦睿十分值得信任，而現在的他或許有點過度依賴這個男人了也說不一定，但他知道，秦睿會如此關照他，不僅僅是因為楊光對他的偏愛，更重要的是他是能讓所有人離開這裡的關鍵。

「去休息吧，雖說不用太過擔心，不過你們還是持續維持啟動能力的狀態比較好，誰都不想見到『意外』發生，你說對吧？」

說完，秦睿便把房間留給兩人，自己則是大搖大擺地走出去，離開前還不忘替他們把門關好。

賴文善看著緊閉的門，不知道為什麼有種被秦睿關起來的錯覺。

「文善，來這裡！」

在兩人交談的時候，楊光已經用最快速度將床鋪好。

雖然只是在床墊蓋上乾淨的薄被而已，但再怎麼說也還算是可以用來休息的床，除此之外，周圍也只有幾件基本家具和用品，跟之前住的溫泉會館完全相反。

這情況就像是回到最初和楊光一起生活的那段日子，只要能放心地休息，不管是多麼簡陋的房間都能睡得很安穩。

賴文善走過去，跪在床墊上面，慢慢爬進楊光的懷裡。

楊光緊緊抱住他的身體，輕拍他的背，像是哄孩子般。

剛開始還覺得這樣有點羞恥的賴文善，卻在安心感之中慢慢產生睡意，沒過多久便依靠著楊光呼呼大睡。

看著賴文善熟睡的臉龐，楊光十分寶貝地用力將他摟在懷裡。

「晚安，文善。」

「唔嗯嗯嗯……」

賴文善用黏膩的聲音隨便附和，並蹭蹭楊光的胸口。

他還以為自己會做惡夢，但意外的是，這天他並沒有做夢，反而安安穩穩地睡了一覺。

——《愛麗絲遊戲02 待續》

Afterword
後記

各位好，我是滿心期待新遊戲開賣的腦粉草。

真的好久沒有玩遊戲了啊！當然，坑草說的是家機而非手遊，有追坑草的讀者應該都知道，坑草不可能捨棄那兩款手遊的（握拳），每次活動一定會打好打滿（寫稿啊喂）！撇除手遊不說，其他遊戲是真的很久沒碰，通常都是老遊戲重玩居多，而且最重要的是喜歡的遊戲終於要回歸以往的遊玩模式了，坑草絕對要拚命趕稿然後花個三天三夜徹底玩爆。

那麼，來聊聊這次的新書吧～

這次的作品，大家看書名應該能知道坑草是以什麼題材做設定，最近因為都在寫黑暗系殺戮故事，寫著寫著就很想也放在BL題材裡寫一次看看，因而設計了這次的新坑。可能故事裡談戀愛的戲份不會很多，大多都在走劇情，原本是打算把故事設定為多肉的，但寫著寫著……咳，不知道為什麼肉量沒有想像中來得多，後面會努力增添肉的（握拳）。封面繪師請來了坑草很喜歡的夏青老師，當初在創作這個故事題材的時候，就覺得夏青老師很適合這部作品，完成後的封面真的也都在我的預期之上，超級喜歡。感謝夏青老師繪製這麼可口的楊光和賴文善。

明年ＢＬ的產量會比今年多一點，無論是多肉少肉還是無肉（欸）都有，各種類型也都有，希望能夠帶給大家更多的愉快閱讀體驗。坑草會持續創作下去的，明年也要請大家多多指教&支持囉！^_^

草子信

草子信ＦＢ：https://www.facebook.com/kusa29

高寶書版集團
gobooks.com.tw

FH080
愛麗絲遊戲 Alice Game 01

作　　者　草子信
封面繪圖　夏青
編　　輯　賴芯葳
美術編輯　林鈞儀
排　　版　彭立瑋
企　　劃　方慧娟

發 行 人　朱凱蕾
出　　版　朧月書版股份有限公司
　　　　　Hazy Moon Publishing Co., Ltd.
地　　址　臺北市內湖區洲子街 88 號 3 樓
網　　址　www.gobooks.com.tw
電　　話　(02) 27992788
電　　郵　readers@gobooks.com.tw（讀者服務部）
傳　　真　出版部　(02) 27990909　行銷部 (02) 27993088
郵政劃撥　19394552
戶　　名　英屬維京群島商高寶國際有限公司臺灣分公司
發　　行　英屬維京群島商高寶國際有限公司臺灣分公司 / Printed in Taiwan
　　　　　Global Group Holdings, Ltd.
初版日期　2023 年 11 月

國家圖書館出版品預行編目 (CIP) 資料

愛麗絲遊戲 Alice Game 01/ 草子信著 . -- 初版 . --
臺北市：朧月書版股份有限公司出版：英屬維京群
島商高寶國際有限公司台灣分公司發行，2023.11.
　面；　公分 . --

ISBN 978-626-7362-24-2（平裝）

863.57　　112018054